Tanguy Viel
Das Mädchen, das man ruft

Quart*buch*

Tanguy Viel
Das Mädchen, das man ruft

Roman

Aus dem Französischen
von Hinrich Schmidt-Henkel

Verlag Klaus Wagenbach   Berlin

ERSTER TEIL

1

Niemand hat sie gefragt, wie sie an jenem Tag gekleidet gewesen war, aber ihr lag daran, zu betonen, dass sie überhaupt nur weiße Sneaker besaß, dafür aber seit dem frühen Morgen darüber nachgedacht hatte, welcher Rock oder welche Jeans für den Anlass passten, aber auch, dass sie brillantroten Lippenstift tragen würde. Da saß sie dann vor dem Café *Univers*, auf dem großen Platz, Fußgängerzone mitten in der Altstadt, hinter ihr war in übergroßen Lettern weit oben an der Wand das Wort RATHAUS zu lesen, noch höher oben als die Trikolore, die in der lauen Luft ruhte wie ein eingeschlafener Wachsoldat. Bald würde sie durch das große Portal gehen und den gepflasterten Innenhof queren, der zum Schloss führte, zum früheren, schon lange als Rathaus genutzten Schloss, obwohl das für sie, so würde sie sagen, auf dasselbe rauskam: Ob sie vom Bürgermeister erwartet werde oder vom Gutsherrn, das mache in ihrem Kopf keinen Unterschied — dieselbe fiebrige Erregtheit, dasselbe gewisse Herzklopfen angesichts der großen Eingangshalle, die sie zum ersten Mal betrat, beinah überrascht, dass die Automatiktür sich beim Näherkommen öffnete, als hätte sie eine Zugbrücke erwartet, die sich über einen Burggraben senkte, und als hätte sie mit einem Soldaten im Kettenhemd zu tun und nicht mit einem schwarz gekleideten Wachmann. So ist das in dieser Stadt, man könnte meinen, die Jahrhunderte seien an den Mauern vorübergeglitten, ohne sie je zu verändern, ebenso wenig wie das Meer, das jeden Tag zweimal gegen sie anrennt und dann seinerseits aufgibt und sich zurückzieht, geschlagen, wie ein Hund mit eingeklemmtem Schwanz.

Sie saß weiter vor dem *Univers*, natürlich war sie zu früh dran, noch Zeit für einen Kaffee und um die Zeitung zu lesen, den *Ouest-France*, also nicht wirklich zu lesen, sondern eher die Überschriften und Farbfotos zu überfliegen, und dann doch auf der Sportseite hängenzubleiben und nachzuschauen, ob sich da vielleicht ein Artikel über ihren Vater fand, den Boxer — ihn, der trotz seiner stattlichen vierzig jüngst den fünfunddreißigsten Sieg errungen hatte; unaufhörlich rühmte die Lokalpresse die Langlebigkeit seiner Karriere, um nicht zu sagen, seine Wiedergeburt — ja, Wiedergeburt, das war das Wort, das sie freigebig verwendeten, seit Max Le Corre wieder ganz oben auf den Plakaten stand, von denen er eine Weile lang verschwunden war —, deshalb würde sie sicher lächeln, wenn sie das x-te Foto von ihm sähe, im Ring, die Arme hochgereckt, dazu die fette, in die Zukunft strahlende Überschrift, »Wird er wieder übers Wasser wandeln?« Dann schaute sie auf ihrem Telefon nach der Uhrzeit, schlug die Zeitung zu, legte zwei Euro auf die Untertasse und stand auf. Ein letzter prüfender Blick auf sich selbst in der großen Fensterscheibe des Cafés, sie war sicher, würde sie später sagen, dass sie eine gute Wahl getroffen hatte, diese schwarze Lederjacke, die über ihrer Hüfte endete, darunter das recht körperbetonte Wollkleid, der Wind fuhr nur gerade so zwischen die Maschen, wenn sie an dem Stoff zupfte.

Ja, sagte sie zu den Polizisten, das überrascht Sie vielleicht, aber ich fand das eine gute Wahl, das und die weißen

Sneaker, die wir Zwanzigjährigen alle haben, so dass keiner erkennt, ob ich Studentin bin oder eine Krankenschwester oder eben das Mädchen, das man ruft.

Das Mädchen, das man ruft?, fragte einer der beiden.

Ja, so heißt es doch? Call girl? Sie lachte nervös, nachdem sie das gesagt hatte, weder der eine Polizist lachte noch der andere, der eine mit verschränkten Armen, der andere etwas zu ihr vorgebeugt, aber beide wie auf der Lauer nach jedem Wort, das sie gebrauchte, sie schienen sie wie eine exotische Frucht auf einer Lebensmittelwaage abzuwägen.

Dann nahm sie ihren Bericht wieder auf, wie sie den Wachmann am Eingang fragte, wo sich das Büro des Bürgermeisters befinde, nicht darauf gefasst, dass der Mann marmorstatuenhaft unbewegt bleiben und nichts tun würde, als mit einer Kopfbewegung auf den großen Tresen hinten in der Halle zu deuten und den Blick fast automatisch über ihre Gestalt wandern zu lassen, von Kopf bis Fuß. Daran war sie gewöhnt: Die Blicke der Männer verweilten auf ihr, sie nahm das schon lange gar nicht mehr wahr, ganz einfach wegen der tausend Gelegenheiten, bei denen sie feststellen konnte, wie attraktiv sie wirkte, wegen ihrer Größe vielleicht oder wegen ihrer dunklen Haut, egal, sie wusste es schon lange, und die eigene Anziehungskraft war ihr gleichgültig — an diesem Tag genauso wie sonst, das anliegende Kleid bedeckte also ihre Knie nicht, an den Füßen die Sneaker, nicht mehr ganz so weiß wegen des abgeschabten Oberleders.

Am Empfang des Rathauses erklärte sie abermals, sie habe einen Termin beim Bürgermeister, ein wenig enttäuscht, dass niemand sie nach dem Zweck ihres Besuchs fragte, sie hätte geantwortet, es gehe um etwas Persönliches — ja, wirklich, sagte sie, die Frage hätte mir gefallen, nur damit ich antworten könnte: Es geht um etwas Persönliches. Doch niemand, weder oben an der breiten steinernen Treppe, die man sie hinaufwies, noch auch die schmächtige Sekretärin, die vor der Tür des Bürgermeisterbüros postiert war wie ein Schrankenwärter früherer Zeiten, niemand sollte sich nach dem Zweck ihres Besuchs erkundigen — wobei diese Sekretärin sich doch die nötige Verachtung oder auch Eifersucht anmerken ließ, um die Besucherin mit einem solchen Blick zu messen, falls dieses Wort hier denn passte, messen, wenn der Blick vom Kopf zu den Füßen runtersaust wie eine Guillotine.

Sie seufzte kurz, diese Sekretärin, wie eine Hausdame in einem hochherrschaftlichen Anwesen, die sich das Recht anmaßt, die Besucher, die man dort empfängt, zu beurteilen, dann geruhte sie sich zu erheben, öffnete die schwere Holztür, die sie zu bewachen schien, einen Spalt weit, steckte den Kopf hindurch und sagte: Ihr Termin ist da. Und auch Laura konnte es hören, die Männerstimme, mit der geantwortet wurde: Ah ja, danke, während die alte Sekretärin die junge Frau durch die Öffnung hindurchließ, durch den absichtlich schmalen Spalt zwischen Tür und Rahmen, als ob sie, die Jüngere der beiden, sich den Zugang erzwingen müsste, dieser Eindruck sollte sich jedenfalls für lange in ihr einprägen, ja, etwas in der Art, sagte sie, als ob ich zwar hineinging, aber sie mir nicht öffnete. Aber ich schwöre Ihnen, wenn ich sie dafür hätte wegschubsen müssen, fügte sie hinzu, ich hätt's getan.

Und vielleicht wegen der plötzlich hochgezogenen Augenbrauen des Polizisten ihr gegenüber hielt sie es für richtig hinzuzufügen: Ich erinnere Sie daran, ich bin mehr oder weniger im Boxring groß geworden.

Und gewiss hatten die Männer den Eindruck, dass in diesem Satz ein Teil ihrer Geschichte steckte und damit die ganze Ruppigkeit dieser Kindheit, zugleich deutete die junge Frau bereits an, welch ein Abgrund sie von dem Mann da trennte, dem Typen mit dem Riesenbüro, und dass nichts, weder der kalte Empfang durch die Sekretärin noch die übertriebenen Ausmaße dieses Raumes, an ihre Welt, ihre eigene rühren konnte.

Nein, wirklich, sagte sie dann noch zu den Polizisten, in einer normalen Welt wären wir uns nie begegnet.

In einer normalen Welt … was ist für Sie denn eine normale Welt?, fragten die beiden Männer.

Ich weiß nicht … Eine Welt, in der jeder an seinem Platz bleibt.

Und während sie versuchte, sich diese Welt vorzustellen, diese normale, feststehende, in der jeder, einer mechanischen Figurine gleich, seinen eigenen maximalen Bewegungsradius hätte, verloren ihre Blicke sich in dem blauen Stoff der Jacke ihr gegenüber, und dann sprach sie unwillkürlich diesen aus der Tiefe aufgestiegenen Gedanken aus, sie sagte:

Meinem Vater schien so viel daran zu liegen.

2

Vielleicht wäre es besser gewesen, mit ihm zu beginnen, dem Boxer, wenn ich schon nicht weiß, welcher der beiden, Max oder Laura, zu diesem Bericht den Anstoß gegeben hat, aber ich weiß, ohne ihn, so viel ist sicher, hätte die junge Frau niemals die Schwelle des Rathauses überschritten, wäre noch viel weniger wie eine gerade erblühende Blume in dieses Bürgermeisterbüro getreten, aus dem einfachen Grund, dass er, ihr Vater, diese Begegnung betrieben, zunächst ihr gegenüber darauf gedrungen hatte, dann beim Bürgermeister selbst, denn er war dessen Fahrer. Seit drei Jahren schon kutschierte er ihn quer durch die Stadt, allmählich kannten sie einander ein wenig — der Bürgermeister vielleicht rund zehn Jahre älter als sein Fahrer, dessen Lächeln er tagein, tagaus im Rückspiegel sah, oder nicht wirklich Lächeln, eher die immer etwas besorgt zusammengekniffenen Augen, die seine, des Bürgermeisters, Aufmerksamkeit suchten, des stets hinten Sitzenden, der das so häufig nicht einmal bemerkte, weil er nur auf die draußen vorüberziehenden Fassaden oder erleuchteten Schaufenster blickte, als wäre es, da er der Bürgermeister der Stadt war, seine Schuldigkeit, sämtliche Häuser mit Blicken zu streifen, sämtliche Gestalten auf den Bürgersteigen, als ob sie ihm gehörten. Dass er wenige Monate zuvor wiedergewählt worden war, seine Konkurrenten sozusagen vernichtend geschlagen hatte auf dem Weg in seine zweite Amtszeit, hatte wohl nicht gerade zur Entwicklung ei-

ner demütigen Haltung beigetragen, die er ohnehin nie besessen hatte — jedenfalls hatte er nie eine Kardinaltugend
daraus gemacht, sondern erkannte in seinem Erfolg vielmehr
seine fleischgewordene Hartnäckigkeit, die er in Worte wie
»Mut« oder »Verdienst« oder »Arbeit« kleidete, Worte, die er
nach Lust und Laune in die tausend Ansprachen der letzten
sechs Jahre eingestreut hatte, bei Grundsteinlegungen oder
vor den Fernsehkameras, ohne dass man je hätte ermessen
können, ob sie einem militanten Glauben entsprangen oder
ein Selbstportrait sein sollten, Worte jedoch, aus denen man
schon seit langem heraushören konnte, dass er seine Be-
gehrlichkeiten sehr viel weiter richtete als auf seine jewei-
ligen Zuhörer, in der Hoffnung, dass der Widerhall seiner
Worte bis nach Paris reichen möge, wo bereits das Gerücht
umging, er habe das Zeug für ein Ministeramt. Und einer, der
dieses Gesicht jeden Tag im Rückspiegel sah, brauchte kein
Handbuch der Physiognomie, um genau diese Glut oder Ent-
schlossenheit zu erkennen, unter den schwarzen, dichten und
doch beinahe sanften Augenbrauen, die einen umso größeren
Kontrast bildeten zu jenem kalten, verschlossenen Blick aller
Machtmenschen. Im Laufe von drei Jahren hatte Max gelernt,
sämtliche Nuancen und Brüche dieses Blicks aufzuspüren,
oder eher nicht Brüche, sondern ganz bewusst gesetzte Öff-
nungen, da ja die Macht angeblich nicht auf Starre gründet,
sondern stattdessen auf deren kalkuliert eingesetzter Aufweichung, wie ein unablässig eingesetztes Stockholm-Syndrom,
wenn jede Aufweichung der Strenge im ergebenen Auge des
Gegenübers eine Fallgrube aus falscher Sanftheit entstehen
lässt, von verführerischem Sog.

Und soweit ich zu wissen glaube, war Max Le Corre ein
geeignetes Opfer dieser Masche, wie ein Pferd, das dankbar

ist, sobald man die Zügel etwas locker lässt, wozu noch die Schulden kamen, die er zu haben glaubte, denn dieser selbe Bürgermeister hatte ihn zu einer Zeit angesprochen und eingestellt, als Max, wie man so sagt, ganz unten war. Denn das hatte es in Max' Leben auch gegeben: eine Welle zunächst, die ihn wie einen eleganten Surfer hoch auf ihrem Kamm trug, um ihn dann in den immer dunkleren zylindrischen Schatten zu werfen, ein Erlebnis, das noch Jahre später in seiner Erinnerung an die Oberfläche gespült wurde, wie ein Schattenspiel auf einer von sprühender Gischt vernebelten Windschutzscheibe, einerseits die strahlenden Jahre, in denen er sein Talent als Boxer ausgelebt hatte, andererseits die dunkleren Zeiten, die jene guten wie ein Gewitterhimmel überwölkten. Und er hoffte, über sie, die dunklen Jahre, eine dicke Wolldecke gezogen zu haben, die er nicht mehr anheben würde, wegen dieser langen Nacht ohne Boxen, die er durchlebt hatte, als die Lichter des Boxrings für ihn erloschen waren, die unsteten Lichter, schlimmer als ein Leuchtturm an einer Küste. Das kennen alle Boxer, dass der Ring etwas ist wie ein Leuchtturm, dessen Blinken man von der Brücke des Schiffes aus abzählt, um die Gefahr zu ermessen, und als sie dann kam, sah er sie nicht, die Gefahr, sondern ließ sich gegen die Klippen treiben, wie es beim Boxen häufiger geschieht als bei jedem anderen Sport: weil hier die Hell-Dunkel-Kontraste einer Laufbahn erschütternder sind als auf einem Gemälde von Caravaggio.

Überhaupt schon, dass es ihm gelungen war, wieder im Ring zu stehen und zu boxen wie in seinen besten Zeiten, konnte er kaum glauben, wenn er auf den Plakaten in der Stadt sich selbst erblickte, den großen Plakaten, die wie Alleebäume die vierspurigen Straßen säumten und den Schau-

kampf am kommenden 5. April ankündigten, vor sternenglit-
zernden Lichtern die Körperfotos der beiden Kontrahenten,
die Hände auf Gesichtshöhe, alle Muskeln angespannt — er
selbst mit kahl rasiertem Schädel, die Augenbrauen bereits
in Richtung des Sieges gespannt, wie er die ganze Stadt mit
seiner Wut oder seiner beherrschten Kraft herauszufordern
schien, darunter in feurigen Lettern »Le Corre gegen Costa:
Die Herausforderung!« Und wer abwechselnd das Plakat und
den Mann am Steuer der Dienstlimousine betrachten würde,
würde denken, ja, tatsächlich, das war er, Max Le Corre, die
schiefe Nase, die von den Schlägen verunstalteten Lider, die
glänzende Kopfhaut, genau derselbe Mann, der in wenigen
Wochen den anderen Lokalmatador herausfordern würde,
der ihm seit langem den Rang abgelaufen hatte.

Nicht mehr so lang hin, sagte der Bürgermeister.

In zwei Monaten um die Tageszeit, sagte Max, steh ich
auf der Waage.

Dann jetzt bloß nicht zunehmen, bemerkte der Bürgermeister.

Abnehmen aber auch nicht, antwortete Max.

Und wieder einmal beschworen sie seine letzten Siege
herauf, die enorme Freude, mit der er, der Bürgermeister,
Max mehrmals den Gürtel des Siegers überreicht hatte, die
enorme Freude, hatte er jedes Mal gesagt, zu Ehren eines
echten Sohnes der Stadt zu sprechen, der hier zu dem geworden war, der er jetzt war, vor dem restlos begeisterten
Saal das zu sagen! Sie alle so stolz auf ihre Verbindung zu
einem, der immer hier gelebt hatte, in einem eher unauffäl-
ligen Viertel am Stadtrand, dessen Ruhm aber ein wenig in
allen Fenstern sämtlicher Wohnblocks zu glitzern schien,
wo jene lebten, die ihm in seiner Kindheit begegnet waren,

auf den Bänken zwischen den Häusern, im Treppenhaus und dann natürlich im Boxclub, dessen schwere Metalltür sie alle mindestens einmal aufgedrückt hatten, sie alle hatten im Ring die Handschuhe übergestreift, um sich einen Augenblick lang zu fühlen wie Mike Tyson. Und dort, wo Hunderte vergebens darauf gehofft hatten, es würde irgendwann mal einer hinter einem Pfeiler verborgen sie beobachten und mit dem Finger auf sie deuten, wie wenn ein unsichtbarer Gott seine Propheten erwählt, dort war nur einer von ihnen unvermittelt erwählt und wie mit einem Baukran über das gewöhnliche Leben hinausgehoben worden — und das war Max Le Corre.

Denn man musste kein großer Gelehrter sein, um zu erkennen, dass hier, in Max' schwerem und gespanntem Körper, eine das übliche Maß überragende Kraft ruhte, so dass es gar nicht ein so großes Wunder war, als eines Tages ein Mann im weißen Anzug, der sich plötzlich zum Manager berufen sah, die kleine Trainingshalle betrat, in der Max seine Partner so leichthändig zu Boden schickte, und wo dieser Mann beschloss, sich um seine Karriere zu kümmern, die ihn schnell an die nationale Spitze brachte, so dass Max bald den Titel einheimsen konnte, auf den Pokal graviert, der immer noch auf seinem Kaminsims thronte, »Französischer Meister 2002, Halbschwergewicht«. Fünfzehn Jahre später, in so fortgeschrittenem Alter, staunte er natürlich darüber, erneut in der Presse Wörter wie »Wiedergeburt« oder sogar »Auferstehung« zu lesen — Auferstehung, ja, das war das andere Wort, das manchmal in den Zeitungen stand und das er auch nicht lieber hörte als »Wiedergeburt«, denn beide mit Bedacht gewählten Wörter verursachten denselben Luftzug hin zum Abgrund, der ihnen vorausgegangen war.

Wenn mir einer gesagt hätte, dass ich mit vierzig noch boxen werde, sagte er zum Bürgermeister.

Es heißt ja, antwortete der Mann auf der Rückbank, der immer noch nach draußen schaute, Boxen wäre vor allem eine Kopfsache.

Und den Blick fest auf die Straße gerichtet, verzog Max unmerklich den Mund, was vielleicht bedeuten mochte, »Wenn ich dir eine verpasse, wirst du schon sehen, was das mit dem Kopf macht« — aber so unmerklich, mit beinahe innerlich geschürzten Lippen, dass sein Schweigen zugleich als Zustimmung gelten konnte, denn natürlich hatte der Bürgermeister recht, Boxen ist vor allem eine Kopfsache, beim Boxen geht es um Nerven und mentale Stärke, ja, da würde Max als letzter das Gegenteil behaupten.

Jedenfalls ganz schön mutig, Costa herauszufordern, setzte der Bürgermeister wieder an.

Jetzt oder nie, antwortete Max, die Zeit spielt nicht für mich. Womit er recht hatte, denn der Boxsport war in seinem Alter, jedenfalls empfand er das so, wie ganz spät im Winter auf einem zugefrorenen See Schlittschuh zu laufen, und trotz seiner Siege täuschte er sich nie über den dünnen Eisfilm hinweg, auf dem er sich weiterbewegte, wo er ohne Angst immer noch die heikelsten Figuren vollführte, aber bereits ergeben damit rechnete, dass das Eis eines Tages unvermittelt brechen und er im allzu kalten Wasser ertrinken würde.

Sie werden gewinnen, Max, da bin ich ganz sicher.

Und da nutzte Max den Augenblick, in dem er die Aufmerksamkeit des Bürgermeisters zu haben schien, und sagte endlich, was ihm seit Tagen im Kopf herumging und was er heute ansprechen wollte, das hatte er sich beim Aufstehen vorgenommen, es hatte nichts mit Boxen zu tun, nein, es ging um seine Tochter, er wollte dem Bürgermeister etwas zu seiner Tochter sagen: Herr Bürgermeister, ich wollte Sie um einen kleinen Gefallen bitten, es geht um meine Tochter, sie ist hierher zurückgezogen und …

Ja, selbstverständlich, sagen Sie ruhig.

Also, es ist so, sie hat sich beim städtischen Wohnungsunternehmen beworben, aber Sie wissen ja, wie das ist, das dauert seine Zeit, da habe ich gedacht, vielleicht, wenn es von Ihnen kommt …

Und der Bürgermeister hatte ihm erspart, sich noch weiter erklären zu müssen, hatte seine Bitte abgeschnitten:

Selbstverständlich, Max, sagen Sie ihr, sie soll bei mir im Rathaus vorbeischauen, ich werde sehen, was ich tun kann.

Und während sich der Wagen an den alten Masten und Segeln vorbeibewegte wie an einem Freiluftmuseum, hatte Max innerlich aufgeatmet, als würde er aus einem Prüfungssaal kommen, mit dem Gefühl, bestanden zu haben, zugleich sagte er immer wieder zu dem Mann auf der Rückbank, es sei wirklich sehr freundlich von ihm, sie zu empfangen, er sei nicht verpflichtet, das für ihn zu tun, während dieser selbst, der Mann auf der Rückbank, unterdessen seine Krawatte zurechtrückte oder seine Jackenärmel abklopfte und Max antwortete, nicht doch, in einem gewissen Sinn gehöre das zu seinen Pflichten, dafür sei er ja gewählt worden, um Dienst zu leisten. Und Max hoffte, es würde gut gehen. Sie würde der Situation gewachsen sein. Das sagte er später, Max, dass er diesen Satz gedacht hatte: Ja, es ist wahr, ich hoffte, sie würde der Situation gewachsen sein.

3

Dass sie der Situation gewachsen war, wird man wohl annehmen können; als jedenfalls die Tür hinter ihr zugefallen war und sie vor dem Bürgermeister stand, konnte auch er sich nicht dieses typischen vertikalen Blicks von oben nach unten auf ihre Gestalt enthalten. Aber das beachtete sie gar nicht, abgelenkt durch die immensen Ausmaße des überaus luxuriösen Büros, in dem sie jetzt stand. Kurz kam sie sich vor wie im Amtssitz des Staatspräsidenten oder etwas in der Art, wegen all der alten Sessel und der mittelalterlichen Wandteppiche mit Jagdszenen, wegen des wuchtigen Schnitzwerks an der bunt bemalten Kassettendecke, denn in Frankreich ist es ja so, in den Amtszimmern der Bürgermeister lebt das Ancien Régime fort. Er hatte eben noch auf seinem Ledersessel gesessen, schon stand er auf, bahnte sich einen Weg zwischen den alten Möbeln hindurch, um sie zu begrüßen und ihr die Hand zu drücken, im selben Schwung sagte er: Bonjour Laura! Geht es Ihnen gut?

Ja, als ob wir uns seit Adam und Eva kennen würden, sagte sie, er hat mich gleich beim Vornamen genannt. Sie war ihm kaum jemals begegnet, vielleicht irgendwann mit ihrem Vater, aber noch vor seiner Zeit als Bürgermeister, jedenfalls erinnerte sie sich nicht daran. Aber vielleicht trat er aller Welt so entgegen, vielleicht bedachte er alle Welt mit diesem Lächeln und sprach alle mit dem Vornamen an, wie ein Entgegenkommen, das für ihn mit seinem Amt einherging, damit zwischen ihm und ihnen, den Bewohnern, den Bürgern, den Verwalteten, nie ein tieferer Graben bestehe als die Verantwortung, die man ihm ganz und gar vorübergehend übertragen hatte. So etwas hätte er jedenfalls zu ihr sagen können, wortwörtlich – und vielleicht auch, weil nichts ihn so sehr erfüllte wie diese Empfindung, sich zum normalen Leben herabzulassen, sofern das normale Leben in seinen Augen die indifferente Masse der Menschen war, will heißen derer, die er selber »die Menschen« nannte und es seit seiner Wahl als seine Rolle ansah, »die Menschen« zu kennen, sie zu lieben, glauben zu machen, dass er sie liebte, es sei denn, ja, auch das war möglich, dass er vor allem sich selbst liebte, wenn er sie liebte.

So was in der Art wird sie wohl gespürt haben, Laura, der ihre Klarsicht nie ganz verloren ging, und auch, wenn sie seit dem Vortag darüber nachgrübelte, was sie sagen oder wie sie sich kleiden würde, auch wenn etwas in ihr so zitterte wie ein kleines Mädchen, das zum Schuldirektor beordert worden ist, wusste sie doch sehr gut, dass er, als er an diesem Morgen aufgestanden war, seine Agenda für den Tag nicht einmal kannte. Und ganz sicher lag es daran, dass sie beide sich von Anfang an nicht auf Augenhöhe begegneten, sie, Laura Le Corre, zwanzig Jahre alt, Studentin, und er, Quentin Le Bars, achtundvierzig Jahre, Bürgermeister der Stadt.

Studentin?, fragte der Polizist.

Ja, das heißt nein, also das habe ich zu ihm gesagt, Psychologiestudentin, Masterstudiengang Psychologie, ich hab gefunden, das klingt gut, vor allem war es glaubwürdig, für Psychologie hab ich mich immer interessiert. Sie rutschte auf ihrem Stuhl nach hinten: Das bedeutet ja aber nicht, dass man besser durchblickt, nicht wahr?

Er, derjenige der beiden Polizisten, der sie mehr als der andere zu verstehen suchte und ihren Bericht in geschriebene Sätze umzuformulieren hatte, mit einem Auge bei ihr, dem anderen auf der Tastatur seines Computers, er also unterbrach sie einfach, statt, wie es möglich gewesen wäre, weiter über das eben Gesagte nachzudenken:

Mit anderen Worten, Sie haben gelogen?

Wie, sagte sie, hätten Sie es normal gefunden, dass ich ihm sage, ich …?

Diesmal wartete sie nicht darauf, dass er sie unterbrach, sondern hielt selbst inne, deutete durch die Intonation die drei Punkte an, als wollte sie sich ein wenig von ihren Worten entfernen, damit er in ihren Satz eintreten könnte, und er stürzte sich auch gleich hinein:

Dass Sie ihm was sagen?

Und es war wie der Auftakt zu einer Partitur, die sie gemeinsam schrieben, eine Symphonie aus gegenseitigen Anregungen und Bestätigungen, ebenso angeordnet wie die Worte eines Opernlibrettos — Laura als elegischer Sopran, der seinen Klagegesang in der erforderlichen Anzahl von Akten entfaltete, der Mann als finsterer Bariton im Dienste einer Diva, und er wiederholte:

Dass Sie ihm was sagen?

Und während sie mit der Antwort noch zögerte, trat der andere Polizist, der bislang beim Fenster gestanden hatte, seinerseits vor zu dem großen Tisch, der ihnen als Schreibtisch diente. Dort legte er seinem Kollegen die Hand auf die Schulter, wie um ihm zu sagen, er solle behutsam vorgehen, man dürfe sie nicht zu hart anfassen, schließlich sollten sie beide nicht vergessen, dass sie hier die Klägerin war. Und derselbe Polizist, immer noch stehend, spürte, welche

Richtung das Gespräch zu nehmen drohte, und er sagte zu Laura, ohne dass recht klar wurde, ob es sich um eine Ermunterung handelte oder um einen Rat: Sie können immer noch einen Rückzieher machen, das wissen Sie.

Doch genau durch das, womit er sie umstimmen wollte, brachte er sie, vielleicht als Tochter eines Boxers oder auch als etwas störrisches und dadurch sozusagen angriffslustiges Tier, dazu zu sagen: Sie machen hoffentlich Witze?

Und da fühlte der andere, der erste von beiden, von dieser schlagfertigen Entgegnung etwas gereizt, sich doch befugt, den Kampf wieder aufzunehmen, und er trieb das Gespräch in der von ihm geplanten Richtung weiter:

Aber uns sollten Sie besser alles sagen, nicht wahr?

Und das stimmte schon, es war besser, alles zu sagen, zumindest war dies der beste Rat, den er ihr geben konnte, worauf sie antwortete:

Ich habe in der Modebranche gearbeitet.

Die beiden Polizisten sahen einander an, so ein maskuliner Blick, dessen merkwürdige Bestandteile sie gar nicht einmal selbst hätten benennen können, aber diese Formulierung »in der Modebranche« hatte sie dazu gebracht, einander gegenseitig zu belauern, als stellten sie sich bereits all die zotigen Bemerkungen vor, die demnächst in den Fluren der Polizeiwache kursieren dürften. Es hatte wohl nicht länger als einen Sekundenbruchteil gedauert, aber immerhin lang genug, dass Laura es bemerkte, und auch lang genug, dass einer der beiden sich in der selben dann doch gedehnten Sekunde entlarvt fühlte und als Verteidigung wieder zum Angriff überging:

Und warum haben Sie gelogen?

Ich weiß nicht. Das war der Bürgermeister, fügte sie hinzu, ich hatte einen Termin beim Bürgermeister.

Sie sagte nicht, dass sie generell lieber log, dass sie auch ihren Vater angelogen hatte, dass sie eben dafür zu ihm zurückgekehrt war, um zu lügen und alles anders zu machen, denn mit zwanzig kann man ja noch denken, man brauche sich nur ein Stück über die Landkarte zu bewegen, damit alles hinter einem zurückbleibt und in Vergessenheit gerät. Doch den Polizisten musste sie die Dinge schon so berichten, wie sie sich ereignet hatten, wie sie sie dem Bürgermeister tatsächlich nicht erzählen wollte, mit anderen Worten, dass sie niemals ein Studium begonnen hatte, nicht mal das Gymnasium hatte sie abgeschlossen, und mit gutem Grund: Eines Tages hatte man sie dort abgepasst, an der Pforte des Gymnasiums, hatte sie angesprochen wegen …

Und auch diesen Satz wagte sie nicht zu beenden, die beiden Polizisten trauten sich nicht, es zu verlangen, denn alle drei wussten sie, dass sie in diesem Augenblick dieselbe Sprache sprachen oder vielmehr dasselbe Schweigen walten ließen, das tief in sich die Tatsache barg: nämlich dass sie schön war, dass ihr Körper sämtliche Kriterien der Schönheit erfüllte.

So mussten es jedenfalls die Männer gesehen haben, die eines Tages vor ihrer Schule aufkreuzten, mit einem Vorschlag, der sie durchaus verfrüht in die Erwachsenenwelt befördern sollte: Sie war gerade mal sechzehn Jahre alt, aber das ist just die Zielgruppe derer, die sie auf dem Parkplatz abpassten und deren Beruf genau darin bestand, hübsche junge Frauen anzusprechen, sie am Strand oder auf dem Schulhof auszumachen und ein feinmaschiges Netz über sie zu werfen, aus dem es für sie, die auserkorenen jungen Frauen, sobald sie einmal ja gesagt hatten, kein Entrinnen mehr gab, so wenig wie für Hunde, die in der Schlinge des städtischen

Hundefängers sitzen. Laura hatte auch nicht den Impuls, ihre Schritte entlang des Schulhofzauns zu beschleunigen und ihnen zu sagen, sie sollten sich zum Teufel scheren, als die Männer ihr unvermittelt in den Weg traten und ohne weitere Umstände fragten: Mademoiselle, hätten Sie vielleicht Lust, in der Modebranche zu arbeiten? Sie hatte das für eine fast amüsante Art gehalten, ihre Aufmerksamkeit zu erregen, es genügte, dass diese Männer ihre Fangreuse aus freundschaftlichen Sätzen ausklappten, nach dem Motto, wenn sie mitkommen würde, könnte man gleich mal ein Probeshooting machen, nur so versuchsweise, danach entscheiden Sie selbst, was Sie tun wollen ...

Und als sie zwei Stunden später auf einmal vier 50-Euro-Scheine in der Hand hatte, da war sie natürlich, wenn es in der Welt der Mode so lief, sofort bereit zu unterschreiben. Zumal, das war ihr recht bald klar, die Leute mit diesen Scheinen sehr großzügig zu sein versprachen, denn für sie war Laura offenbar eine ganz besondere Entdeckung, eine Perle, wie man sie nicht alle Tage fand, eine von der Art, wo man nicht weiß, entspricht sie dem Zeitgeschmack oder gehört sie zu jenen, die ihn formen, das war ebenso unwiderleglich wie die Entscheidung des Paris für Aphrodite, sie sagten: Ja, sie ist es, die Schönheit für unsere Zeit, das ist sie. Und siehe da, es verging kein halbes Jahr, schon war sie immer öfter zu sehen, wie sie für diese oder jene Dessous-Marke ihre Formen zeigte, bald auf Plakaten an sämtlichen Wänden der Städte und den Längsseiten der Busse, und so entfernte sie sich jeden Tag ein bisschen weiter vom Leben als Gymnasiastin.

Den Polizisten gegenüber ging sie nicht weiter darauf ein, erzählte nur, sie habe gar nicht schlecht verdient für ein paar Spätnachmittage im Blitzlicht eines Fotografen, und sie hütete sich wohl, ihnen zu berichten, dass sie sie manchmal auch hatte ablegen müssen, diese Dessous, mit etwas lasziveren und auch lukrativeren Posen, für diese oder jene Zeitschrift, die im Kiosk dann in der obersten Regalreihe steht.

Nein, davon sagte sie nichts, vielleicht dachte sie in diesem Moment gar nicht daran, so weit hatte sie es hinter sich begraben, mit dieser eigenartigen Kraft, zu der Jugendliche manchmal greifen, um sich selbst zu überzeugen, dass mit der Zeit alles verblassen und verschwinden werde.

Sie haben also als Model gearbeitet?, hakten sie nach.

Ja, wenn man so will, Model, stimmt, sagte sie. Und dem Blick, mit dem sie sie bedachte, waren all ihre besorgten Fragen abzulesen, wie viel die beiden genau wissen mochten, mit anderen Worten, ob sie Gelegenheit gehabt hatten, ihr Lächeln oder auch ihren Haarschopf auf den großen Reklametafeln an den Bahnhöfen zu sehen, oder vielleicht noch mehr.

Da haben Sie ja sicher alle möglichen Leute kennengelernt.

Manchmal, wissen Sie, braucht man sich nur an die Klischees zu halten, denen man so anhängt, um sich eine Vorstellung von etwas zu machen. Und dann, als fiele ihr das gerade ein, fügte sie hinzu: Wahrscheinlich ist das bei Ihnen ganz ähnlich.

Bei uns?

Ja, ich meine, bei der Polizei: Vielleicht sind ja alle Welten gar nicht so weit von den Klischees entfernt, denen man anhängt.

Und das schien ihn womöglich zu kränken, den älteren der beiden, der wohl verbitterter, vielleicht auch eingebildeter war und der immer noch im Gegenlicht vor dem Fenster stand, jedenfalls kam seine Antwort geschossen wie ein Pfeil aus einem Blasrohr, das er bislang hinter seinen Lippen verborgen hatte:

Diese Fotos sind ja eine Sache … aber ist es dabei geblieben?

Wie meinen Sie das?, fragte sie, hatte aber genau verstanden, worauf die Frage zielte, beziehungsweise, welche Unterstellung sie enthielt, auf die er auch gleich genauer eingehen würde und auf die sie ihm gegenüber auf gar keinen Fall eingehen durfte.

Na, ganz einfach: Hatten Sie Beziehungen mit Ihren Auftraggebern?

Das hat es schon mal gegeben, ja …

Und es ist Ihnen nie so vorgekommen, dass Sie …?

Was? Dass ich mich prostituieren würde?

Und gleich war ihr klar, dass sie die beiden überrumpelt hatte, sie jedenfalls an der Verwendung des Wortes gehindert hatte, das sie lieber als Prostitution benutzt hätten, nämlich Provokation. Ist es Ihnen nie so vorgekommen, dass Sie damit provozieren würden?, hätten sie gesagt, und jetzt konnte sie sich denken, wie heikel es für die beiden Männer wäre, auf ihre, Lauras, Wortwahl einzusteigen, mit anderen Worten, sie hatte genug Vorsprung gewonnen, dass die Polizisten nicht mehr dahinter zurück und zu keinem anderen Wort greifen konnten, und es kam, wie es kommen musste, die Polizisten schwiegen, Laura redete weiter:

Ja, stimmt schon, als ich mich zum ersten Mal in der Stadt in Dessous auf den Plakaten gesehen habe, und wie meine Brust über den spitzenbesetzten Rand quillt und wie ich aller Welt zulächle, ja, ich kann schon sagen, da hatte ich dieses Gefühl, dass ich mich prostituieren würde.

Und trotz des etwas übertriebenen Ernstes, den sie dabei aufbot, trotz des kalkuliert Theatralischen, das die beiden Männer nicht übersehen konnten, sorgte etwas wie Takt oder Moral dafür, dass sie Laura dazu nicht weiter befragten.

Und Ihr Vater, wollte der Polizist dann doch wissen, wusste der davon?

Nein, das heißt, ich weiß nicht, ich glaube nicht.

Sie brauchte nicht hinzuzufügen: Ich möchte es lieber nicht wissen, denn seit sie zurückgekommen war, hatte Max sie nie beiseite genommen, hatte sich nie mit ihr hingesetzt, um sich mit ihr zu unterhalten: Jetzt haben wir uns ein paar Jahre lang nicht gesehen, erzähl mal, was hast du die ganze Zeit so gemacht?

Natürlich nicht: Er wusste ja Bescheid — auch wenn er lieber anders davon erfahren hätte als durch den Anblick der Werbeplakate, anders als dadurch, dass er sie an den Wänden der Stadt dargeboten sah, mit einem raschen Blick in den Rückspiegel, um zu erkunden, ob der Bürgermeister dasselbe gesehen hatte, ob ihn ihre Hüften oder Augen angezogen hatten, aber er sagte nichts, er, der Boxer, aus Scham und zugleich in der Hoffnung, dass der Mann im Fond nichts wisse, und er fragte sich, ob sie ihm ähnlich genug war, dass ein Dritter das bemerken und denken würde: Verrückt, wie sie ihm ähnelt, vielleicht ist das ja sogar seine Tochter.

Seinerzeit hätten sie sich beinahe auf benachbarten Plakaten begegnen können, Vater und Tochter an den Granitwänden, den Körper weitgehend entblößt, der magnetische Blick dazu bestimmt, Aufmerksamkeit auf sich zu ziehen, dabei einander entgegengesetzt, da sie jeweils die archetypischen maskulinen und femininen Signale ausstrahlten — er das muskelbepackte Biest, dessen geschwollene Adern Kraft und

Virilität verströmten, sie ganz laszive Kurven und gebleichte Zähne, mit denen sie sich auf die Unterlippe biss. So hätten sie einander begegnen, sich gegenseitig betrachten können, sozusagen inzestuös an den Wänden der Stadt, aber das war nicht geschehen, als hätte etwas wie ein ganz besonderes System kommunizierender Röhren dafür gesorgt, dass das Licht nie auf beide gemeinsam fiel, sondern abwechselnd, als würde droben im Himmel ein übermütiger Gott seinen einzigen Strahler abwechselnd erst auf ihn, dann auf sie richten und immer so weiter.

4

Er hätte sich wieder hinter seinen großen Bürgermeister-
schreibtisch setzen und ihr einen Stuhl davor anbieten können, doch nein, er deutete auf das Ledersofa, das eine kleine
Sitzgruppe beim Fenster zum Raum hin begrenzte, Kommen
Sie, sagte er, da sitzen wir besser.

Wahrscheinlich werde ich nie erfahren, sagte sie, ob das
eine Vorzugsbehandlung war oder ob er es jedem Besuch so
bequem wie möglich machen und ihn dieses ganze wuchtige
Mobiliar vergessen lassen wollte, in dem er ja nur ein vorübergehender Mieter war, jedenfalls sagte er das so, Ich bin
ich hier ja nur ein vorübergehender Mieter, wissen Sie. Kurz
ließ sie noch den Blick durch den gesamten Raum wandern,
um sich an all diesen Luxus zu gewöhnen, wie man sich bei
der Ausfahrt aus einem Tunnel wieder an die Helligkeit an-
passen muss, schon forderte er sie auf, sich zu setzen. Allerdings sagte er nicht: Nehmen Sie Platz, nein, er sagte: Nimm
doch bitte Platz.

Sie tat so, als ob sie wegen des schnellen Duzens nicht
überrascht wäre, als ob es vielleicht wegen ihres Alters ganz
normal wäre, sich vertrauter zu geben als gegenüber einer
anderen, außerdem war sie ja natürlich Max' Tochter, ich
meine, nicht nur die Tochter des berühmten Boxers, sondern zunächst und vor allem die seines Fahrers. Sie setzte
sich auf den Rand des Sofas, wie aus Sorge, allzu tief in
die Kissen einzusinken, und dankte ihm zunächst für seine

Bereitschaft, sie zu treffen und etwas von seiner Zeit dafür zu opfern, schon unterbrach er sie, nein, nein, das sei doch ganz selbstverständlich, und wenn er ihr helfen könne, werde er das natürlich tun, noch im Stehen zündete er sich eine Zigarette an:

Es stört dich doch nicht, wenn ich rauche?

Sie schüttelte den Kopf.

Bediene dich, wenn du magst.

Doch obwohl sie sehr gern gewollt hätte, obwohl er ihr das Päckchen hinhielt und keinen Augenblick daran zweifelte, dass sie rauchte, erlaubte sie sich nicht, eine zu nehmen — öfter sollte sie im Weiteren das Päckchen anschauen, öfter würde sie nur das Päckchen sehen und sich darauf konzentrieren, um sich nicht verwirren zu lassen. Also zog er den Aschenbecher auf dem niedrigen Couchtisch heran und setzte sich in den Sessel gegenüber, mit der Selbstsicherheit dessen, der sich zu Hause fühlt und die Reaktionen der Gegenstände kennt, bis hin zur Elastizität des Sesselpolsters, auf dem er sich niederließ, die Ellbogen gleich auf den Armlehnen, ein wenig nach vorn geneigt, als würde er im Gegenlicht wachsen, sein ganzer Leib diagonal in Lauras Richtung, die, wohl reflexhaft, die Beine ein wenig aneinanderdrückte.

Also, was kann ich für dich tun?

Im Sonnenlicht, das jetzt voll auf den Boden und die alten Holzmöbel mit ihren Intarsien traf, im Schatten der Fensterkreuze, die eine Art schräge Karos auf den dicken Teppichboden warfen, sagte sie schließlich, sie sei vor ganz kurzem wieder in die Stadt gekommen, wohne im Moment noch bei ihrem Vater und habe einen Antrag auf eine Wohnung gestellt, aber vielleicht könne er ja ihr Gesuch unterstützen und na ja, es wäre ganz toll für sie, wenn …

Eine Wohnung finden, ja, gar nicht so leicht.

Und die ganze Zeit hatte er die Blicke nicht von ihr gelassen, tauchte in ihre Augen ein wie in Kraterseen, deren Ufer er nicht sehen wollte, und überließ sie ihrem Schweigen, während sie sich fragte, was sie sagen müsse, als hätte man sie gezwungen, hierherzukommen und zwinge sie jetzt dazu, um etwas zu betteln.

Wissen Sie, sagte sie, von mir aus hätte ich es nie gewagt, Sie um irgendwas zu bitten, aber mein Vater hat darauf bestanden, dass ich ...

Und da, in diesem Moment, wurde ihm klar, dass er ihn vergessen hatte, ihren Vater, wurde ihm vor allem klar, dass er gar keine Lust hatte, jetzt an ihn zu denken, er wollte viel lieber das Gespräch in Gang halten, über egal was, Hauptsache, Max kam nicht irgendwie zwischen sie. Also sprach er weiter, ohne selbst zu wissen, war es Kalkül oder Instinkt:

Wo warst du vorher?

In Rennes, sagte sie.

Ah ja ... Rennes. Schön, Rennes ist eine junge Stadt, voller Leben. Aber ... aus Rennes wegziehen, hierher, in deinem Alter, das ist ja eigentlich ungewöhnlich, oder?

Sie wusste nicht, ob sie das bestätigen oder verneinen sollte, wegen all der Details aus ihrem bisherigen Leben, das in den letzten Tagen so deutlich vor ihr inneres Auge getreten war, wie eine alte Haut, die sich nicht abstreifen ließ — alle möglichen in verwaschenen Bildern konservierten Dinge, weder verbraucht noch vergangen, sondern eher nicht lange genug im Entwicklerbad des Gedächtnisses gereift, um mit klaren Konturen und Farben hervorzutreten, wie noch im Entstehen begriffene Erinnerungen.

Ja, wahrscheinlich, sagte sie irgendwann.

Sie erklärte, sie wolle sich jetzt hier eine Existenz aufbauen, in ihrer Geburtsstadt, die sie vor geraumer Zeit verlassen hatte — vor wie vielen Jahren jetzt, sechs oder sieben, und in die sie nur manchmal zu einem Besuch beim Vater zurückgekommen war, doch seit sie und ihre Mutter aus der gemeinsamen Wohnung sozusagen geflohen waren, hatte sie nie länger als ein Wochenende am Ort verbracht.

Und außerdem ... das Meer hat mir gefehlt.

O ja, das Meer, sagte er, stimmt, das fehlt einem hier nicht. Und was machst du derzeit, ich meine, hast du eine Arbeit?

Nein ... noch nicht ... ich suche was, sagte sie.

In welche Richtung? Psychologie?

Es war nicht klar, ob er die Frage ironisch meinte oder argwöhnisch, doch sie antwortete:

Nein, nein, nicht unbedingt, eigentlich egal was.

Und noch im Schwung seiner Frage stand er aus seinem Sessel auf, als ob er plötzlich die Unterhaltung abkürzen wollte. Kurz dachte sie, er sei verärgert, während er auf die großen, zum Hof gehenden Fenster zutrat, die Hände jetzt in den Hosentaschen, die Anzugjacke von den Handgelenken hochgeschoben, so stand er lange Sekunden mit dem Rücken zu ihr da, bevor er sich etwas sehr schnell zu ihr umdrehte, auch etwas nervös, als schlüge er einen unbekannten Weg ein, und er sagte:

Vielleicht kann ich dir auch dabei helfen, sagte er. Also dabei, einen Job zu finden.

Sie war natürlich überrascht und dachte: Na, wenn der Bürgermeister jedem einen Job besorgen will, der in sein Büro spaziert ...

Äh, ja, natürlich, wenn Sie was hören ...

Aber er interessierte sich schon nicht mehr für ihre Antwort, so lange sie ihm Zeit gab, näher zum Sofa zu treten, auf dem sie sich weiter sehr gerade hielt, die Beine immer noch geschlossen, ihre Knie wären gern den wiederholten Blicken ausgewichen, die er unwillkürlich darauf richtete. Und wie mit der blitzschnellen Geste eines Zauberkünstlers war er bei der letzten Silbe ihres Satzes auf einmal da und setzte sich nicht mehr ihr gegenüber, sondern neben sie – ja, hier neben sie, auf dasselbe kleine, etwas aus der Zeit gefallene Ledersofa, mit einem noch nicht intim zu nennenden Abstand, denn es fehlten noch jene zehn oder fünfzehn Zentimeter, ihm war klar, dass er die nicht überschreiten durfte, oder vielleicht nicht zu überschreiten brauchte, um der Meinung zu sein, dass er die höchste Hürde genommen hatte, denn sie war bei seinem Näherkommen nicht jäh aufgestanden und versuchte schon gar nicht, sich ihm in den folgenden Sekunden zu entziehen, und dass er das Gespräch jetzt weiterführen konnte, als ob sich nichts geändert hätte, mit anderen Worten, als ob es normal wäre, dass ein Bürgermeister und eine junge Frau bei einem banalen ersten Treffen nebeneinander auf einem Sofa saßen.

Dann solltest du mir deine Daten dalassen, damit ich dich erreichen kann, falls ich mal …

Sie schaute ihn aus großen Augen an, etwas verwirrt oder schlicht überrumpelt, sie sagte ja, warum nicht, ja, natürlich, aber vielleicht wäre es doch das Einfachste, wenn Sie dann meinen Vater ansprechen, oder?

Wieder spürte er einen kalten Luftzug, der zwischen ihnen vorüberwehte, etwas wie Max' Gespenst, das in das große Bürgermeisterbüro eindrang und nicht dableiben sollte, denn sonst drohte das ganze zerbrechliche Gebäude, das er langsam errichtete, einzustürzen, schon ahnte er voraus, dass hierin das größte Hindernis bestand, Max brauchte nur jederzeit wie ein Hologramm im Raum zu erscheinen, um eine Art Mauer zwischen ihnen hochzuziehen. Dieselbe Mauer, die sie spontan hochgezogen hatte, ganz ohne zu erkennen, dass das eine ganz natürliche, unbewusste Verteidigungsreaktion war, als Schutz, als würde Max jedes Mal, wenn sie »mein Vater« sagte, hier auftauchen, in einer Ecke des Raumes, und als könnte sie sich hinter ihm verkriechen wie ein scheues Kind, das sich am Bein eines Erwachsenen festhält.

Ja, ja, sagte er, aber es wäre doch einfacher, du gibst mir eine Telefonnummer, damit ich die weitergeben kann.

Ja, selbstverständlich, sagte sie.

Verfügst du über besondere Fähigkeiten?

Wie bitte?

Ich weiß nicht, sprichst du Englisch? Hast du Arbeitserfahrung?

Ein bisschen, ja, in … und sie wich innerlich ein wenig aus, zögerte kurz, die Wahrheit zu sagen, sprach weiter: … in einer Bar.

Aha? In einer Bar? Hat dir das gefallen?

Ja, schon.

Aber von diesem Moment an interessierte er sich weder für die Sätze, die er selber sagte, noch für ihre Antworten, jedes Wort schien nur dazu zu dienen, dass er die Situation bestimmen konnte — und es war ja auch recht schnell klar, zumindest wurde ein Teil von ihr von dieser Erkenntnis mehr als nur gestreift, dass er andere Absichten haben könnte, da es in jeder dieser so langsam verstreichenden Sekunden so war, als hätte er einen Seismographen in der Tasche, um die Bebungen zu messen, die von ihr ausgingen, während er sich zugleich sachte, sehr sachte dem annäherte, was man bald als Epizentrum würde bezeichnen müssen — abgesehen nur davon, dass das Beben noch nicht stattgefunden hatte, dass bislang nur die unsichtbaren tektonischen Platten sich übereinander schoben und auf dem von nichts als seinem Begehren bewegten Magma glitten. Und da spürte sie, so wie sich in der Tektonik irgendwann die Spannung entlädt, wie seine Hand sich auf ihre legte und er zugleich zu ihr sagte:

Ich werde tun, was ich kann, um dir zu helfen.

Sie spürte, wie ihr der Atem stockte, wie wenn man einen Nagel in das Zifferblatt einer Uhr schlägt, um den Zeiger anzuhalten, lange Sekunden lang regte sie sich nicht, erstarrt, schlicht bestürzt, das Hirn eingefroren, mithin dachte sie weder nach noch zögerte sie, sondern wartete nur einfach ab, mit dieser nervösen Information, die durchaus bis zu ihrem Hirn durchgedrungen, dort aber stecken geblieben war wie ein Fahrstuhl zwischen zwei Stockwerken.

Ich könnte Ihnen nicht sagen, erklärte sie den Polizisten, wie lange ich gebraucht habe, um meine gefangene Hand unter seiner herauszuziehen. Ich weiß nur noch, dass ich das schließlich gemacht und sie in meine andere noch freie Hand gelegt habe, dass ich aufgestanden bin — nicht schnell genug, würde sie später denken, also nicht so, dass klar geworden wäre, dass nichts laufen würde, wenigstens sollte sie das rückblickend annehmen, aber eben nur rückblickend.

Und er, ein wenig beschämt vielleicht oder auch verärgert, fand nichts anderes mehr, um das Gespräch zu beenden und zugleich eine Brücke in Richtung Zukunft zu bauen, als seinerseits aufzustehen:

Gut. Ich werde schauen, was ich für dich tun kann, während er ohne Zögern zu seinem Schreibtisch ging und einen

Stift und ein kleines Notizbuch zur Hand nahm, sie sollte ihre Mobilnummer da hineinschreiben — ja, auch das war sein Trick, erwähnte sie gegenüber der Polizei, diese Art, deutlich zu machen, dass er sie nicht behandelte wie jeden anderen und dass er ihre Nummer in einem privaten Büchlein verzeichnete. Es gibt so Leute, sagte sie, die können dich glauben machen, es gäbe nur dich auf der Welt.

Und dann reichte er ihr seine Visitenkarte mit dem Stadtwappen und seinem darunter aufgedruckten Namen — er gab sie ihr nicht, er reichte sie ihr, und sie erinnerte sich sehr gut an den kurzen Augenblick, da die Karte zwischen ihrer beider Hände war, wie über einem Abgrund gespannt, und er sie ein klein wenig zurückhielt. Sie konnte das spüren, jenen kleinen Steg aus Papier, der sie verband, während sie noch nicht wagte, ihn wegzuziehen. Und da sagte er: Wenn du was brauchst, egal was, ruf mich einfach an. Und erst dann ließ er los. Abermals bedankte sie sich, diesmal die Karte in der Hand, sie wusste nicht, wohin damit, während er, routiniert im Beendigen solcher Termine, sie zur Tür geleitete, die Hand in ihrem Rücken, um sie zum Ausgang zu schieben und ihr noch ein letztes Mal klarzumachen, dass er sich um ihren Fall kümmern werde.

5

Ganz sicher würde er sie anrufen, dachte er, die Frage war nicht ob, sondern wann — er, der hinter den großen Fenstern seines Büros zu sehen war und ihr nachschaute, wie sie unter den steinernen Bögen verschwand, schon hob er mit einem Blick nach der Uhrzeit das Telefon ans Ohr und sagte Max Bescheid, ihn abzuholen. Max hatte sie ebenfalls aus dem Rathaus kommen sehen, seine große Tochter in ihrem Woll- kleid, er saß hinten auf dem Hof am Steuer der stadteigenen Limousine und wartete, gerufen zu werden wie ein schlich- tes Taxi, solange folgte er ihr mit den Blicken im Schatten der braunen Steine. Als ob sich der Blick des Bürgermeis- ters und seiner den Staffelstab in die Hand gegeben hätten — zwei derart synchronisierte Kameras, dass ihre, Lauras, Re- alität lückenlos dokumentiert wurde, wie wenn die Bildregie sich bereithält, von einem Monitor zum anderen zu wech- seln. Max sprach sie nicht an, traute sich auch nicht, die Scheibe herunterzulassen, obwohl sie direkt an der Karos- serie seines Wagens entlangkam, im Rückspiegel sah er ihre hochgewachsene Gestalt sich entfernen, sie ging so schnell — sie ihrerseits allzu beschäftigt damit, sich den Film des Tref- fens vor dem inneren Auge abzuspielen, derart besorgt, dass sie ihn nicht mal sah. Er sprach sie auch deshalb nicht an, weil im selben Moment, als sie wie ein Schatten an ihm vor- überglitt, sein Telefon klingelte, es war Le Bars. Sofort ließ Max den Motor an und rollte bis vor die Eingangstreppe, wo er wie üblich ausstieg, um die hintere Tür zu öffnen, im selben Moment, als Le Bars zu ihm sagte: Ins *Neptun*, Max, ich bin spät dran. Max setzte sich wieder hinters Steuer und fuhr schleunig an, das beherrschte er, durch die schmale Einfahrt, die aus dem Innenhof hinausführte, dann sagte er zum Bürgermeister: Hohe Tide heute, wir müssen hintenrum fahren.

In dieser Stadt ist es so: An Tagen mit Springflut kommt das Meer bis genau zum Niveau der Stadt herauf, bis man es von der Straße aus berühren könnte, bei ruhigem Wetter könnte man es geradezu für Asphalt halten und darüber spazieren wie über einen leeren Platz. Wenn dann zufällig Wind und Dünung weiter draußen sich verbünden und den Ozean härter auf die Stadt zutreiben, wird die Uferstraße gesperrt, von den Wellen, die sich auf ihr totlaufen, überflutet. An solchen Tagen muss man einen Umweg durch die Straßen hintenrum machen, um aus der Altstadt hinauszukommen, die sich wie eine Granitinsel neben der Überschwemmung erhebt. Wahrscheinlich hatten sie sich schon öfter darüber unterhalten, der Bürgermeister und sein Fahrer, über die immer heftigeren Springfluten und inwieweit man sie dem Klimawandel zuschreiben konnte, wenn das so weitergehe, werde es hier bald aussehen wie in Venedig, einer Stadt voller Kanäle und kahler Wände, und statt des Wagens müsste man Sie im Schlauchboot herumkutschen, sagte Max zum Bürgermeister. Und während er in das folgende Schweigen tauchte, fragte er, ob es mit Laura gut gelaufen sei. Le Bars hatte die Frage schon erwartet, wie ein Schlagmann beim Baseball dem Ball entgegensieht, bevor der geworfen wird. Er tat so, als ob er in ganz entfernten Gedanken wäre, schien in die Wirklichkeit zurückzufinden wie aus dem Schlaf, er sagte: Wie? Ja, ja, sehr gut ... mal schauen, was wir für sie tun können.

Werden Sie ihr eine Wohnung besorgen?

Ich werde es versuchen, sagte er.

Schon verlangsamte Max, sie näherten sich dem *Neptun*, der Wagenmeister war zu erkennen, der gleich zur Tür springen würde, um den Bürgermeister zu empfangen und ihn einzulassen in den großen Saal mit den Panoramafenstern gleich über dem Meer, wo er sich regelmäßig mit irgendwelchen Bankleuten oder Bauunternehmern oder Politikern traf, weil es eben so war, im *Neptun* fanden sich sämtliche Honoratioren und Stadtoberen ein, begegneten einander unablässig – ließen einander aber glauben, wenn sie sich grüßten, dass nur ein günstiger Zufall sie zusammenführte, und wenn eine solche unverhoffte Begegnung irgendwelche lukrativen Folgen hatte, na, dann hatte sich eben dieser Zufall wie dichter Rauch, der das Kalkül oder abgekartetes Spiel zu bemänteln hatte, genauso günstig ausgewirkt, wie wenn man sich im alten Rom im heißen Dampfbad begegnete. Das *Neptun* war derart in den Sitten der Stadt verankert, dass der Bürgermeister höchstselbst, auch wenn er es gewollt hätte, nicht hätte fernbleiben können – und Le Bars schon gar nicht, denn er fühlte sich hier wohl wie ein Fisch im Wasser, schwamm zwischen anderen Fischen derselben Gattung herum, deren einer justament an seinem Tisch auf ihn wartete, er trug den Namen Franck Bellec und dazu einen weißen Anzug.

In dieser Stadt gibt es nicht allzu viele weiß gekleidete Leute. Sonntags die Pfarrer nach der Messe, vielleicht ein paar frisch Verheiratete samstags im Rathaus, und außerdem also Franck, Pächter des Casinos und ein enger Freund des Bürgermeisters, welcher soeben dem Kellner seine Jacke gegeben hatte und sich am Tisch niederließ. Mit einem raschen Rundblick zur Vergewisserung, dass niemand ihn hören konnte, winkte er zum Gruß diesem oder jenem, der ein Stückchen weiter saß, und sagte, fast flüsterte er:

Sie erraten nie, wer gerade in meinem Büro gesessen hat.

Nein?, fragte Bellec.

Die Tochter von Max Le Corre.

Und er, Bellec, bis jetzt ganz entspannt angesichts des Meeres, das bis unter das Panoramafenster reichte, rückte auf seinem Stuhl nach hinten und schluckte, als er diesen Namen hörte, Max Le Corre.

Und Le Bars wusste das, ihm war klar, dass dieser Name für Bellec nicht nur einfach ein Eintrag im Einwohnerregister war, sondern vielmehr wie ein altes Zauberbuch, das allzu unvermittelt wieder aufgeschlagen wurde, und der vergessene Staub früherer Zeiten wirbelte erneut durch die Luft.

Max' Tochter?, fragte er.

Ja, sagte der Bürgermeister, die kennen Sie doch, oder?

Ich dachte, die lebt in Rennes.

Hat sie, ja, aber jetzt ist sie wieder bei ihrem Vater. Er hat sie zu mir geschickt. Ich soll eine Wohnung für sie finden.

Und man hätte kein Stethoskop gebraucht, um zu ermitteln, wie jedes Mal, wenn Max' Name fiel, Francks Herz kurz aussetzte, auch wenn er gekonnt unbeteiligt dreinschaute und sich bemühte, so zu essen, als sprächen sie nur übers Wetter.

Aha ... und was haben Sie jetzt vor?, fragte er.

Ich weiß nicht, sagte der Bürgermeister, ich kann schließlich nicht einfach so aus dem Nichts eine Wohnung herbeizaubern.

Und Franck antwortete automatisch mit ja, klar, obwohl er zugleich gern weiter gedacht hätte, »Was erzählst du mir das?

Das geht mich doch gar nichts an«, und vielleicht noch sehr viel mehr »Ich will nicht, dass mich das was angeht«, zumindest, bis Le Bars noch hinzufügte:

Vielleicht könnten wir ihr wirklich helfen.

Da hob Franck den Blick von seinem Teller, die Gabel auf halbem Weg zu seinem Mund, er sagte:

Wie, wir?

Aber der Bürgermeister brauchte es gar nicht weiter zu erklären, Bellec hatte es schon begriffen, das heißt, er hatte die Situation erfasst, als ob er gerade mit der Nase allzu dicht vor einem großen Gemälde gestanden hätte und jetzt zurückgetreten wäre, um es im Ganzen zu sehen — im Ganzen die Tragweite der Bitte des Bürgermeisters und im Ganzen gewiss auch schon, dass es ihn durchaus anging, wegen der alten und komplexen Beziehung, die zwischen ihnen bestand. Die war eine öffentlich bekannte Tatsache, trotz all dessen, was die beiden auf den ersten Blick so unterschied, der eine in seinen über dem Bauchansatz spannenden taillierten Anzügen, der andere unausweichlich düstere, unterweltliche Assoziationen weckend, denen sein weißer Anzug nicht nur nicht entgegenwirkte, sondern die er geradezu verstärkte, so, wie die Scheinwerfer eines Wagens in der Abenddämmerung klarmachen, dass es bald Nacht wird. Und Le Bars redete weiter:

Franck, Sie könnten ihr doch was besorgen …

Ich … ich bin nicht sicher, ob ich da der Richtige bin.

Und wenn jemand in ihrer Nähe das Gespräch verfolgt haben sollte, hätte er es ab diesem Punkt ziemlich undurchsichtig gefunden, unmöglich zu verstehen, welche Bedeutung sich tatsächlich unter solch abstrakten Wörtern wie »man« und »etwas« verbarg, denn sie, diese beiden Männer,

schienen derart gewieft mit dieser Grammatik aus Prono-
men und unvollendeten Sätzen umzugehen, wie zwei Ma-
fiosi, deren Ehrenkodex ihnen vorschrieb, die Dinge niemals
beim Namen zu nennen. Vollkommen eindeutig war hinge-
gen, dass sie derartige Gespräche, um nicht zu sagen dasselbe, schon in der Vergangenheit geführt hatten, wie sonst
hätten sie sich mit einem so geringen Wortschatz verstän-
digen sollen, dessen konkrete Bezüge in abseitigen Winkeln
ihrer Rede verborgen waren, einer Rede, unter der eine gemeinsame, geteilte Realität ganz unmissverständlich deutlich wurde? Und wie hätte Franck sonst antworten können:

Ich ... ich weiß nicht, normalerweise sind die Zimmer für
das Casino-Personal da, nicht für ...

Und er schaute sich seinerseits nach rechts und links um,
aus Angst, er hätte zu laut oder zu deutlich gesprochen. Le
Bars schien mit Francks Zögern gerechnet zu haben, denn
einerseits kannte er ihn gut genug, andererseits darf man annehmen, dass er, der Bürgermeister, auf der Herfahrt genug
Gelegenheit gehabt hatte, sich im Wagen den Film ihrer Dis-
kussion genau vorzuführen, wie eine bereits durchgerech-
nete Schachpartie, und er antwortete ebenso rasch:

Das habe ich auch zu ihr gesagt.

Wie? Was haben Sie zu ihr gesagt?

Dass ich ihr helfen könnte, einen Job zu finden.

In *meinem* Casino? Einen Job in *meinem* Casino?

Und Le Bars konnte nicht erkennen, wo die Probleme sein
sollten, einer jungen Frau in der Klemme einen Job zu besorgen, wohingegen Franck nur das sehen konnte, Probleme, er
dachte: Okay, er findet sie hübsch, schon in Ordnung, aber
das geht nicht, das kann er nicht machen ... und zugleich
kannte er Le Bars, diesen düsteren Blick unter den dichten

Augenbrauen, die verborgen pochende launenhafte Energie, so stur wie die eines eigensinnigen Kindes, und dabei immer diese etwas kalte Würde, die, so viel war sicher, keinerlei Gewissensbisse kannte.

Ich glaube, das wäre keine allzu große Mühe für Sie, und abgesehen davon …

Und Franck brauchte gar nicht mehr zu hören, was danach kam, nicht zu hören, was bereits voll und ganz mit dieser einen Wendung, »abgesehen davon«, gesagt war, wegen der Art und Weise, wie Le Bars mitten im Satz innegehalten hatte. Da hatte der stumm zuhörende Franck bereits verstanden, hatte dieses »abgesehen davon« bereits gedeutet, nicht als eine Trumpfkarte, die sein Gegenüber auf den Tisch zu feuern bereit war, sondern ganz schlicht als die Erinnerung daran, wie eng ihre Geschicke miteinander verknüpft waren, so eng, dass er sich nicht einfach entziehen konnte, oder besser: Alle Welt wusste es ja, Bellecs Direktorenbüro war nichts anderes als eine Filiale des Bürgermeisteramtes, nämlich der Ort, an dem die wichtigeren Entscheidungen getroffen wurden, nicht im Stadtrat, das ging so weit, dass der Ort bei manchen nur noch das »Finanzministerium« hieß und Bellec der Schatzmeister der Stadt. Gewissermaßen war er das auch, Franck Bellec, ein Kassenwart erster Ordnung, es ging so weit, dass weder ein Bürgermeister noch ein Bankmensch noch sonst irgendein Häuptling der Stadt sich seine Besuche beim Prinzen hätten sparen können — ja, manchmal nannte man ihn den Prinzen, und es war für alle eine ausgemachte Sache, dass die Macht in dieser Stadt zwei Orte und zwei Gesichter hatte, das des Bürgermeisters und das von Bellec, und daher hatte Le Bars mit diesem »abgesehen davon« nur ganz einfach daran erinnert, wer sie füreinander waren: zwei Spinnen, deren Netze schon seit so langer Zeit miteinander verwoben waren, dass beide nicht mehr feststellen konnten, welche Drüse den Faden gesponnen hatte, der sie zusammenhielt, und so waren sie einander verpflichtet, als ob sie einander zum Ritter geschlagen hätten und in einem verqueren, sozusagen gegenseitigen Vasallenverhältnis zueinander stünden, wie nur die Mächtigen es ein ganzes Leben lang aufrechterhalten können, denn nur sie sind imstande, das lächelnd mit dem schönen Wort Freundschaft zu belegen. Ja, genau, all das, all diese »Freundschaft« war auf einmal in dem »abgesehen davon« enthalten, und Le Bars brauchte das keineswegs über den reinen Wortlaut hinaus zu erklären, Franck konnte ohnedies ermessen, wie sehr beide Spinnen, falls irgendwer mal mit dem Besen an der Zimmerdecke entlangfegen würde, zugleich untergehen würden, und die ganze Stadt mit ihnen — als ob auch sie an einer Wäscheleine hinge, die jederzeit von einer wütenden Parze oder Moire abgeschnitten zu werden drohte.

Und wer hätte je den Verdacht gehabt, dass diese Parze in Gestalt einer jungen Frau von zwanzig Jahren auftauchen würde, mit einem weniger mythologischen Vornamen als Lachesis oder Clotho, doch eine ebenso scharf geschliffene Schere in den Händen, mit der sie jetzt unwissentlich dem zarten Faden ihrer Netze bedrohlich nahekam? Jedenfalls deutete Franck Bellec es bereits als Bedrohung, zu fern und zu wenig verknüpft mit seiner, Le Bars', Laune, als dass er es so recht ermessen konnte, jedenfalls würde das zu erwartende »Das sind Sie mir schon schuldig« in Francks Gehirn nicht einfach nur als schlichter Schleier den Blick vernebeln, sondern wie eine plötzlich aufragende Mauer den Bildschirm schwarz werden lassen. Mit anderen Worten, der

Bürgermeister hatte ihm da offener als sonst, weniger sparsam als sonst bedeutet, dass so manch einer in wenigen Kilometern Umkreis nur darauf wartete, dass er, Bellec, abtrat.

Gut, warf er hin, versuchen kann man's ja.

Und während er Le Bars den Sieg überließ, während sein Blick über die gebündelten Sonnenstrahlen auf dem Teppichboden glitt, verlor er sich unvermittelt in der Betrachtung all der schwebenden Staubkörner, die sacht in der Luft kreisten wie Splitter von Quarz oder Glimmer unter dem Mikroskop. Mitten in diesem glitzernden Staub schien etwas in ihm zu wissen, dass er sein Casino gerade eben zu einem gewaltigen Munitionsdepot gemacht hatte, einem, in dem Laura das größte Pulverfass war, einem, in dem Max Le Corre, dachte Franck, von nun an das Streichholz war, das nur noch darauf wartete, angerissen zu werden.

6

Das gibt es in jeder Geschichte, eine mineralische Vergangenheit, die allen als Sockel dient, etwas, das in den Büchern im Plusquamperfekt erzählt wird, eine Ruinenlandschaft im Hintergrund mancher alter Gemälde. Da sie einander also gut kannten, Max und Franck, oder vielmehr sich gut gekannt hatten, aber mit dem Alter oder dem Misstrauen – weil man in kleinen Städten annehmen konnte, dass man bis zum Tode miteinander würde auskommen müssen – lernt man, den rechten Abstand einzuhalten, und nach tausend brüderlich verbrachten Tagen kann man sich irgendwann später nur noch höflich grüßen, als ob nichts passiert wäre. Im Blick kaum eine Erinnerung daran, dass man einander einst nahe gewesen ist, aber bei jeder gewohnheitsmäßigen Begrüßungsumarmung zeichnet sich noch wie ein langgezogener Schatten der gemeinsam zurückgelegte Weg ab. Und gemeinsam zurückgelegt hatten Max und Franck nun tatsächlich viele Kilometer, als nämlich Bellec jahrelang nicht weniger als Le Corres Manager war, und sogar mehr als das: der Mann, der ihn in seiner Karriere angetrieben hatte, diese Karriere befördert, um nicht zu sagen aufgebaut hatte – so dass er ohne Franck, sagte Max häufig, nicht zu dem Profiboxer geworden wäre, der er laut eigener Aussage gar nicht hatte werden wollen.

Aber so ist es nun mal, in unserer Jugend sind unsere Talente Verpflichtungen, schon gar, wenn jemand in einem

Boxstudio am Stadtrand mit dem Finger auf dich deutet und dir die Zukunft in schillernd bunten Farben ausmalt. Vor allem, wenn dieser jemand Franck Bellec heißt und sein weißer Anzug schon in den Fluren der Stadt leuchtet — schon lange hatte er sich als einziger selbst für einen Prinzen gehalten, wenn er des Nachts mit leeren Taschen die Spelunken abwanderte und in sämtliche Hände einschlug wie, ich weiß nicht, ein Dealer-Neuling, der jetzt schon ahnt, dass er dereinst die Macht übernehmen wird. Und es war, als ob er sich selbst die Aufgabe gestellt hätte, aus seinem so viel verspotteten, so unzeitgemäßen, den abgeschmacktesten Klischees entsprechenden weißen Anzug etwas zu machen, das er in der Nacht weithin würde vorzeigen können, eine Art inneren Vertrag, der ihn eng mit etwas verknüpfte, das man Ehrgeiz nennt, einen Ehrgeiz, der sich am Ende möglicherweise auf genau das konzentrierte: seinen weißen Anzug aus dem kollektiven Gespött zum absoluten Respekt zu erheben.

Vor diesem Hintergrund kann man sagen, Max war die erste Stufe der Bellec-Rakete, denn als Franck ihn boxen sah, spürte er, jetzt hatte er das große Los gezogen. Wenn es etwas gibt, das man Franck nicht nehmen kann, dann die Intuition, die er an jenem Tag hatte, vielleicht war er selbst am ehesten davon überrascht, wie durchschlagend und bald einträglich sie war: prunkvolle Jahre also, in denen Max im Ring die Arme bereits hochriss, bevor der Ringrichter den Sieg offiziell verkündet hatte, bevor der Gegner nach dem K.O. wieder auf den Beinen war, all jene Jahre, in denen die Scheinwerfer in den Boxhallen heller strahlten als der helle Tag. Und wenn Max in all dieser Helligkeit die Sonne war, dann gab es einen, der in ihrem strahlenden Licht gedieh wie eine Grünpflanze, schneller wuchs als ein Tropenbaum im Palmenhaus, und das war Franck.

Auch Marielle, Max' damalige Frau, brauchte lange, um das zu begreifen, dass sie Franck nicht mochte, die Boxerei ebenso wenig, und sie musste zusehen, wie der Mann, den sie geheiratet hatte, im Laufe der Zeit verschwand — und was machte es auch für einen Unterschied, ob sie jetzt mit ihm verheiratet war oder nicht, seitdem sie statt des Jugendlichen mit dem unsteten Blick Max als schlagkräftigen Boxer aushalten musste, der sich dem Irrsinn seines Sports mit Leib und Seele hingab —, und das mit dem Leib wäre ja noch angegangen, würde sie denken, aber mit der Seele ist es doch ein anderes Ding. Ja, die Seele ist ein anderes Ding, er schien sie Franck geschenkt zu haben, man weiß nicht, durch welche Art Seelenwanderung, von jenem fast animalischen Glauben getrieben, den der andere, Franck, ihm unermüdlich einzuimpfen versuchte. Man hätte geradezu sagen mögen, dass er all die exzessive Energie, die er nicht selbst verausgaben konnte, in Max' Körper steckte —, er, Franck, der eher klein war und von nervöser Hagerkeit, aber am ganzen Leibe diese unbehauste Brutalität ausschwitzte, deren bestes Ventil im Boxen bestand, und Max' Körper war der beste Stellvertreter. Franck saß bei den Kämpfen in der ersten Reihe, man konnte sehen, wie er noch mehr unter den Schlägen zu leiden schien als Max, der sie kassierte, um ihm dann zwischen den Runden auf die Schulter zu klopfen und ihn, wenn er gewann, auf die Stirn zu küssen. Manchmal überreichte er ihm sogar die Blumen, die man ihm für Max mitgab, während dieser die Arme zur ohrenbetäubenden Siegesfanfare hochriss und beiden bewusst war, dass diese ein wenig grelle von Schlagzeug begleitete Blasmusik nicht der Abschluss des Abends, sondern viel eher die Erkennungsmelodie einer anderen, sich jetzt erst öffnenden Welt darstellte, nämlich: der endlosen Welt der Nacht. Wie ein Wunderkind wurde Max von allen Stadtoberen empfangen, sämtliche Parks und Villen am Meer öffneten sich ihm, die Swimmingpools und Abendgesellschaften zu seinen Ehren, bei denen er hoch auf einen Thron gesetzt wurde, ohne dass ihm bewusst war, wie viel lieber all diese Leute an ihrem eigenen Platz waren als an seinem. Und für Bellec galt das ganz besonders. Denn ob durch atavistische Reflexe oder aus Erfahrung, alle wussten, auf wie dünnen, bereits von Termiten angenagten Beinen dieser Thron ruhte. Sie alle hüteten sich eifrig davor, auch nur einen Fuß auf das schon morsche Podest zu setzen, das ihn erhob, sie beschränkten sich darauf, den Champagner über die Gläserpyramide laufen zu lassen und so bereitwillig dem zum Sieger gekrönten Mann zuzujubeln, als ob dieser, also Max in der Stunde seines Erfolgs, der Regent einer imaginären Insel wäre und das als einziger nicht wüsste.

Jene Insel, muss man sagen, wurde von seltsamen, mit unsichtbarer Tinte geschriebenen Gesetzen regiert, solchen, die in Märchen nur undeutlich auf altem Pergament zu erkennen sind und die nur wenige zu entziffern vermögen, er jedenfalls nicht, Max, der sich gern mit der Oberfläche des glänzenden Papiers begnügte, auf der er bisweilen in den Zeitschriften erschien, bei Schnappschüssen als König nächtlichen Ruhms. Nur steht eines dieser alten, unverrückbaren Gesetze in fetteren Buchstaben als die anderen in das große Buch der Nacht geschrieben: dass nämlich jeder König einer Königin bedarf. Übrigens trug sie einen königlichen Namen: Sie hieß Hélène. Und war Francks Schwester.

Es heißt, sie sei der Grund für seinen Sturz gewesen, es heißt, sie habe schon andere zu Fall gebracht und verwüste alles auf ihrem Wege. Es heißt, sie sei die fatalste aller Nutten an der bretonischen Küste gewesen und habe einen sechsten Sinn dafür besessen, wo das Geld saß, oder nicht das Geld — denn wo das saß, wussten immer alle —, sondern der Schwachpunkt dessen, der es hatte, als ob ihr Körper nie etwas anderes gewesen wäre als ein Metalldetektor, der zugleich das Vermögen und das Herz eines Mannes magnetisch anzog. Wie und an welchem Tag sie in Max' Leben geraten war, das hatte sich im Schatten der Vergangenheit verloren, aber von der Nacht getragen wie Blütenstaub von der Luft, landete sie irgendwann im Licht eines Nachtklubs in seinen Armen, denn das war die exotische Welt, die Max erobert hatte, und Hélènes ureigenes Biotop — eigentlich war sie eher Biene als Blütenstaub, denn sie befruchtete mit ihren Blicken sämtliche Männer an den Tresen. Max geschah es also, dass er in diese verkehrte Welt gehörte, in der gewisse herumfliegende Frauen gern die Blütenkrone der Männer besuchten und sie um allen Pollen erleichterten, nur dass der Pollen hier die Form von Hundert-Euro-Scheinen hatte, die sie im Dutzend aus der Tasche zogen und unbesehen verteilten — eher Wespen als Bienen waren diese Frauen, denn eher als zu bestäuben verteilten sie die Samen, Glas um Glas, Hélène beharrlicher als alle anderen, denn sie hatte dieses wortlose und unverbrüchliche Gesetz eingeführt, dass hierin ihr Preis und ihre Freiheit bestand, sie war die freieste und umsatzstärkste Hostess von allen.

Max, sollte Hélène eines Tages zu Laura sagen, war eine Art großes Porzellan-Sparschwein, das vom Boxbetrieb mit Goldstücken gefüllt wurde, und jede Nacht wieder wurde es von den Leuten begierig in Stücke geschlagen und geleert. Wonach sie selbst dann zur Stelle war, um die Stücke wieder zusammenzukleben, mit anderen Worten, ihm die falsche Liebe wiederzugeben, dank der er rentabel bleiben würde, solide genug, um wieder mit dicken, klingenden Münzen gefüllt und erneut zerschlagen zu werden, und immer so weiter. Und es gab nur zwei Möglichkeiten: Entweder war ihm das alles nicht klar, oder es passte ihm nur zu gut.

Aber einer passte das mitnichten, und das war natürlich Marielle, die sich von all dem nicht hinters Licht führen ließ. Und doch, irgendwie spielt der Stolz einem einen Streich, man ordnet die Dinge so ein, wie es einem behagt, und dann glaubt man aus Liebe oder Geduld oder Hoffnung, es wäre nur vorübergehend, sie, Marielle sollte lange glauben, sie lebe im Herzen einer würdigeren, zukunftsträchtigeren Wahrheit, wegen jener Art Zukunft, die Max mit tausend Versprechungen nährte, sie beide hatten sie füreinander erdacht, und das Boxen, sie wussten es, würde nur eine bemessene Zeit lang dauern, sobald er es vermochte, würde er es an den Nagel hängen: sobald er es vermochte, mit anderen Worten, sobald er genug Geld beiseitegelegt hätte für jene Art zukünftigen Lebens, zu dessen Erfindung Paare ein großes Talent haben, es dient der Illusion, die sie zusammenhält, doch war es nur eine Illusion, solange er, Max, weiterhin in die königliche Nacht eintauchte, so dass Marielle irgendwann bei jeder Versprechung, die er ihr machte, durch einen schadhaften Spiegel das ausschweifende Leben ihres Mannes beobachten konnte, das luxuriöse und wenn man so will blühende Leben ihres Mistkerls von Mann.

Waren das Marielles Worte ihrer dreizehnjährigen Tochter gegenüber, als sie ihre Koffer packte und sich zum Weggehen bereit machte? Max jedenfalls hörte sie nicht, stattdessen aber eines Oktoberabends den endgültigen Satz, den sie nur ein einziges Mal sagen würde, und zwar genau diesen: Ich gehe, Max, ich verlasse dich, und dann verschwand sie im nebligen Abend, warf gar nicht mal die Tür richtig hinter sich zu, aber zu war sie eben doch genug, dass er begriff, es würde keine Rückkehr geben, weder für sie noch für Laura. Und für ihn, der nichts dergleichen hatte kommen sehen, der sich immer noch für tausend kommende Nächte zum König gekrönt fühlte, für ihn war das auf einmal wie die Rückverwandlung der Kutsche aus dem Märchen in einen Kürbis – abgesehen davon freilich, dass niemals jemand Max gesagt hatte, es würde eine Mitternacht geben.

Und auch darauf, dass diese Mitternacht sich noch um mehrere Jahre verlängern würde, hatte ihn niemand vorbereitet, er schien endlos zu stürzen, entfernte sich dabei von den Boxstudios, ohne dass irgendwer versuchte, ihn zurückzubringen, nicht einmal Franck Bellec, vor allem Franck Bellec nicht, dem ein kürzlich ins Amt gewählter Le Bars gerade die Geschäftsführung des Casinos angeboten hatte. Und so entledigte sich die weiße Rakete ihrer nunmehr nutzlos gewordenen ersten Stufe im Weltraum, also Max', wie Metallfetzen, die in die Nacht hinauswirbelten, eine Nacht, die jetzt nicht mehr von den Scheinwerfern der Swimmingpools in den Parks der Villen beleuchtet wurde, sondern vielmehr von den Neonröhren der Bars zur Sperrstunde, mit dieser gelblichen Gesichtsfarbe, die man dann unweigerlich an sich selbst im Spiegel auf der Toilette entdeckt, und dazu die Lust, mit bloßer Hand auf das eigene Bild einzuprügeln.

7

Schon ganz zu Anfang sagte Franck zu Laura dieses: dass er sich niemals hätte vorstellen können, Max wieder im Boxring zu sehen, dass dein Vater, nein, das hätte ich nie gedacht, da kommen alte Erinnerungen hoch. Weißt du, fügte er hinzu, dein Vater und ich waren mal sehr gute Freunde, als ob er das Gefühl hätte, sich rechtfertigen zu müssen, ihr gegenüber, die jetzt da saß, in diesem Büro, das kaum bescheidener war als dasjenige des Bürgermeisters, wenn auch in einem gänzlich anderen Stil gehalten — das Rundfenster und das große Aquarium, auf der Seite die lackierten Regale, darin einige Erinnerungsstücke aus vergangener Zeit: Da, in einer von innen erleuchteten Vitrine, aufrecht angeordnet wie Rosen in einer Vase, befand sich sogar ein Paar Boxhandschuhe, und auf dem Metallsockel darunter stand geschrieben: »Max Le Corre, französischer Meister 2002«, es wirkte wie eine Heiligenreliquie, der kein späteres Zerwürfnis etwas hatte anhaben können, ebenso unerschütterlich wie die hundertjährigen Wappen, die an den Stadttoren prangten. Max selber, der wohl nur ein- oder zweimal über die Schwelle zu Francks Büro getreten war, konnte sich immerhin einer Sache restlos sicher sein, nämlich, dass diese Boxhandschuhe an Ort und Stelle geblieben waren, dass sie immer noch genauso Francks größter Stolz waren wie seiner. Und als eben dieser Franck sah, wie Lauras Blick darauf verweilte, vielleicht überrascht, sie hier zu entdecken, beglückwünschte er sich insgeheim, zu dem Ruhm beigetragen zu haben, wobei er allerdings zu stolz war, um das mit einem »Weißt du, es ist schon mir zu verdanken, dass dein Vater…« zu unterstreichen, aber noch viel stolzer darauf, dass er eben das nicht aussprach, er regierte die Stadt von so weit oben, dass es ihm egal war, ob Laura das wusste oder nicht. Denn wenn er Max einer Sache verdächtigen konnte, dann der, seiner Tochter dieses nie verraten zu haben: dass Max ohne ihn, ohne Franck Bellec, niemals zu dem Boxer gewesen worden wäre, der er war. Stattdessen kam Franck noch mal darauf zu sprechen, dass er nie gedacht hätte, sie, Laura, in ihrer Geburtsstadt wiederzusehen, beim letzten Mal sei sie noch so klein gewesen, zehn, zwölf Jahre alt vielleicht, und schon sehr hübsch, das konnte er sich nicht verkneifen, während sie sich auf seine Aufforderung hin in der Nähe des runden Fensters gesetzt hatte, durch das sich ein Panoramablick über das Meer bot. Er wagte nicht zu fragen, was es bei Marielle Neues gebe — und wenn er es getan hätte: dann hätte sie geantwortet, dass für ihre Mutter all das eine weit zurückliegende Geschichte war, abgeschlossener noch als die Altstadt, sie hätte hinzugefügt, dass Marielle ihn nach all den Jahren immer noch nicht leiden konnte und durchaus nicht davon träumte, ihn, Franck, wiederzusehen, aber Max ebenso wenig, dass sie diesen nur so oft getroffen habe, damit er sehen konnte, wie seine Tochter heranwuchs.

Doch Franck fragte gar nichts, auch nicht danach, was sie wieder hierher geführt hatte, und schon gar nicht machte er ironische Anspielungen auf die Werbeplakate, auf denen auch er sie gesehen und selbstverständlich wiedererkannt hatte, und ebenso hatte er das anonyme Gemurmel vernommen, das durch die Straßen strich wie der Wind, dass nämlich die Sexbombe, die in Unterwäsche an den Bushaltestellen posierte, niemand anders war als Max Le Corres Tochter. Und schon gar nicht würde er Laura erzählen, dass er hier, ganz unten in einer Schublade, die Zeitschrift aufbewahrte, auf deren Mittelseiten sie als Sechzehnjährige zu sehen war, Seiten, auf denen von Unterwäsche keine Rede mehr war.

Und sie ließ mit kindlich verträumten Augen den Blick an den Wänden entlang und über das Meer gleiten, das durch das Panoramafenster hindurch sich in der großen Vitrine spiegelte, in der die Pokale der Boxer standen, neben den Fotos all der Persönlichkeiten, die es irgendwann für geboten gehalten hatten, hier im örtlichen Finanzministerium aufzukreuzen, um mit ihm, Franck, zu posieren, an diesem Ort von so relativem Ruhm. Auf einem davon sah sie sogar kurz das Gesicht ihres Vaters mit irgendeinem Minister oder Präsidenten am Anfang des Jahrhunderts, ihren noch jungen Vater, der in seinen platinfarbenen Boxershorts lächelte, die Haare blond gefärbt, also in seinen Zwanzigern, neben Franck wie stets, dessen weißer Anzug den Blick wie ein Talisman anzog, schwer zu sagen, ob er ein Glücksbringer war, der aber durch seine vielfach wiederholte Anwesenheit auf sämtlichen Fotos das Schicksal all jener, die dort in diese künstliche Nacht hineinlächelten, zu bündeln schien. Und vielleicht, weil sie diesen selben Franck hier in Fleisch und Blut vor sich hatte, war ihr, als wäre ihm sein Coup gelungen, als wäre es ihm gelungen, sie alle durch die Ironie seines Wandels auf Erden herunterzuziehen, er, der in seinem weißen Anzug wirkte wie aus Alabaster und fast wie bereits gestorben, wie jene Totenschädel auf einem Schreibtisch in der Ecke von barocken Gemälden, die sämtliche anderen Gegenstände mit Vergänglichkeit überziehen. Als er selbst diese Bilder, von ihrem Blick geführt, noch einmal überschaute, konnte man ihm wohl ein wenig Sentimentalität zubilligen, so dass er sich kurz in nostalgischen Gedanken an Max und ihre Freundschaft verlor.

Gut, aber dafür ist sie ja nicht hier, dachte Franck, und sobald sie ihm gegenüber auf dem Ledersessel saß, sagte er: Weißt du, dass du mir dringend empfohlen worden bist?

Sie versuchte ein Lächeln, selbst ungewiss, ob aus Scham oder aus Einverständnis.

Der Bürgermeister hat mir erzählt, dass du Arbeit suchst.

Ja, das heißt, nein, eine Wohnung, sagte sie, ich habe ihn wegen einer Wohnung aufgesucht, das heißt, mein Vater hat …

Ach so, du suchst gar keine Arbeit?

Doch, schon auch, aber …

Nein, denn hier gilt die Regel, ich bringe nur die unter, die hier auch arbeiten.

Die hier arbeiten?

Ja, die jungen Frauen, die …

Sie wollen sagen, die Animiermädchen?

Das überraschte ihn kurz, Franck, er hielt inne und dachte, tatsächlich Max' Tochter, ja, dieselbe Mischung aus Schwäche und Stolz, derselbe Dünkel, der noch mitten in der Untertänigkeit ein Aufzucken der Selbstliebe bewirkt – ja, so was dachte er, vielleicht nicht ganz so ausgeklügelt, aber doch dunkle, herablassende Gedanken, denn er spürte genau, sie sagte das, um zu zeigen, dass sie Bescheid wusste, aber das hat im Leben ja noch nie genügt, um nicht nachzugeben – nicht nachgeben, dachte er, das ist schon noch was anderes, eine andere Kraft, eine andere Natur, mein armes Schätzchen, du machst auf oberschlau, aber hier bei mir bist du doch. Also redete er weiter, im Grunde unbeirrt:

Na ja, wir hier sagen eher Hostess, aber wenn es dir lieber ist, dann geht Animiermädchen auch.

Und die Härte, sagte Laura später, wenn man sie akzeptiert, dann wird sie unüberwindlich. Der einzige Ausweg läge darin wegzurennen, aber merkwürdig, das tut man nicht, merkwürdig, es ist wie ein elektrischer Schlag, den man einem Hund verpasst, damit er nicht zurückkommt — ja, so hat es auf mich gewirkt, wird sie sagen, verrückt, oder, es hat mich nicht verschreckt, nein, es hat mich gefügig gemacht.

Ich kann aber für dich eine Ausnahme machen, sagte Franck weiter.

Das heißt?

Dass du nicht arbeiten musst.

Und wegen der Intensität ihres Blickes in diesem Moment dachte Franck, gleich würde sie einfach aufstehen und gehen, sie hätte nicht die Absicht, eine Ausnahme zu sein, schon gar nicht wolle sie, dass man sie wegen ihres Vaters bemitleidet, oder schlimmer noch, wegen ihrer schönen Augen. Aber sie tat es nicht. Sie sagte nur einfach:

Ich brauche Geld.

Ja, verstehe. Aber ich bin nicht sicher, dass …

Und er unterbrach sich selbst, wegen der Worte, die er nicht aussprechen wollte … Sagen wir mal, du könntest an der Bar arbeiten, dann brauchst du nicht … und ebenso schnell schloss er: Das wäre sowieso nur für die erste Zeit, bis Quentin eine richtige Wohnung für dich gefunden.

Quentin?

Der Bürgermeister … das ist sein Vorname … Quentin …

Und in ihrem Kopf war der Bürgermeister nicht nur fern, sondern ihr wurde auch klar, dass sie seinen Vornamen nicht kannte und ihn jedenfalls nie von seinem Familiennamen getrennt hatte, jetzt also »Quentin« so allein zu hören, das war für sie, wie sich allzu schnell in einer Vertraulichkeit zu befinden, um die sie nicht gebeten hatte.

Und was deinen Vater angeht, sagte Franck weiter, dem brauchst du einfach nur zu sagen, dass …

Aber auch diesen Satz konnte er nicht vollenden, als hätte er sonst mit ihm verraten, was seit ihrem Eintreten an ihm nagte, wie ein alter Schmerz, den er überwunden geglaubt hatte, doch der jetzt jäh wieder erwachte, wie wenn ein Chirurg bei einer Operation ein Stück Metall im Leib vergessen hat, das erst sehr viel später, wenn es oxidiert, in die Erinnerung der Organe tritt. Auf Franck hatte es diese Wirkung, jetzt, da Laura hier saß, mit anderen Worten, da sie den Sicherheitskordon durchbrochen hatte, den er für immer gegen Max eingerichtet zu haben glaubte, doch den jetzt, unwissentlich, dieser Idiot von Le Bars niedergetrampelt hatte.

Zu meinem Vater sage ich, was ich will, sagte sie, das geht ihn nichts an.

Und diese Mauer zu spüren, die so deutlich zwischen Vater und Tochter heranwuchs, war für Franck wie eine Befreiung.

Ich muss dich mit Hélène bekannt machen, sagte er, sie ist verantwortlich für den Saal. Und indem er aufstand, mit einem Wink, sie solle ihm folgen, fügte er noch hinzu, mit jenem fast komplizenhaften Gesichtsausdruck, den er aufzusetzen vermochte: Sie ist meine Schwester.

Beide gingen sie nebeneinander eine Etage tiefer, in den großen Saal des Casinos, der um diese Tageszeit schon recht gut gefüllt war — und obwohl vom Tageslicht draußen nichts durch die schwarze Wandverkleidung drang, die den gesamten Saal umgab, schon gar nicht bis zu der stählernen Theke der Bar, in der sich die von der hohen Decke baumelnden Lampen spiegelten, jene etwas violette, streuende Beleuchtung, die man für die Möblierung der Nacht geeignet hält oder zumindest dafür, am helllichten Tag die Nacht zu imitieren, um die reale Tageszeit vergessen zu machen. Und keinesfalls würde Hélène da auf ihrem hohen Barhocker die Tageszeiten zurechtrücken — sie, die ihrerseits in die Jahre gekommen war, aber Francks Schwester war sie doch noch, hier an der Bar, wie eine etwas abgestoßene Kühlerfigur, nachdem sie die beschleunigte Alterung durchgemacht hatte, die wie ein Fallbeil über Nachtgestalten niedergeht: Mit fünfunddreißig hätte man sie zehn Jahre älter geschätzt, als hätte die Zeit sich für sie in einen strafenden Gott verwandelt, der beschlossen hatte, ihre Wangen erschlaffen und ihre Lider anschwellen zu lassen von all dem übermäßigen Alkohol, den ihr Blut nicht hatte abbauen können.

Hélène, sagte Franck, das hier ist Laura … sie wird bei uns arbeiten. Und als handelte es sich um nichts als ein nebensächliches Detail, fügte er hinzu: Sie ist Max' Tochter.

Er hatte Glück, dass Laura Hélène die Hand schon entgegengestreckt hatte, was diese zwang, den gelassenen Gesichtsausdruck beizubehalten, den sie zu verlieren drohte, wodurch sie im Augenblick der gegenseitigen Vorstellung ihre Bestürzung maskieren konnte. Denn ganz gewiss verknotete sich tief drinnen in Hélène alles sehr stark, als der Name Max fiel, wie wenn der Magen auf einmal übersäuert, und zugleich zeigte sich davon nichts in ihren Zügen, auf ihrem Gesicht voller dunkler Ringe und Schatten, mit anderen Worten, alles konnte glauben lassen, dass sie einander völlig unbekannt waren. Gewissermaßen stimmte das auch, schließlich hatte Laura noch nie von Hélène gehört, schließlich war dieser Name ihrer Mutter nie über die Lippen gekommen und auch sonst nichts bezüglich einer fürstlichen Hure, die ihre Ehe auf dem Gewissen hatte. Sie, Marielle, hatte sich mit lakonischeren und endgültigeren Bemerkungen begnügt à la »Kurz und gut, Max, du bist alt genug, um das zu verstehen, das war eine Jugendsünde.« Max seinerseits hatte seit seinem langen Sturz in die Nacht ohne Boxen kein Wörtchen mehr an Hélène gerichtet, freilich war er ihr hier und da auf dem Bürgersteig begegnet, hatte sich aber restlos in dieser Art stummem, paranoidem Schmollen verschlossen und sowieso mit dieser ganzen Welt gründlich gebrochen, von der er so naiv angenommen hatte, sie habe ihn zu ihrem unanfechtbaren König erwählt.

Hélène trieb die Lüge nicht so weit, dass sie Laura zugelächelt hätte, vielmehr bewahrte sie die etwas besorgte Zurückhaltung, mit der ihr nächster Blick ihren Bruder bedachte, ungefähr, als hätte sie zu ihm gesagt: Du willst doch nicht etwa Max' Tochter hier arbeiten lassen? Sie für dich anschaffen lassen? Und Franck konnte jedes dieser Worte im schwarzen Blick seiner Schwester lesen, er versuchte, ebenfalls mit Blicken zu antworten, um ihr klarzumachen, dass er keine andere Wahl hatte, dass es von oben komme und jedenfalls nur für sehr kurze Zeit sei. Doch ob sie, Hélène, das jetzt im Blick ihres Bruders lesen konnte oder nicht, jedenfalls glitt sie von ihrem Barhocker herab und warf Laura hin: Ich habe zu tun, wir sehen uns ja sowieso noch.

Und während Laura ihr nachblickte, wie sie auf ihren hohen Absätzen, die sie stets trug, davonging, von ihrem selbstsicheren Gang geradezu magnetisch angezogen, fasste sie sich wieder und fragte Franck:

Und die Unterkunft?

Ach ja, sagte er, die Unterkunft … auch selbst von der sich entfernenden Gestalt seiner Schwester fasziniert, als würde er egal welchen Vorwand nutzen, um die Zeit auszudehnen und vor allem nicht handeln, vor allem sich nicht dem Mechanismus fügen zu müssen, der aber ohnehin unausweichlich war — bevor er sich also fügte und sie nach oben zu den Zimmern führte.

Sie folgte Franck die Treppe hinauf ins Dachgeschoss, in den langen Gang mit den nummerierten Türen, in den ehemaligen, vor langer Zeit zu Zimmern umgebauten Speicher — nicht schlichte Zimmer, vielmehr Einzimmerwohnungen mit einem großen Dachfenster, durch die das Licht hereinströmte und durch das sie auf Zehenspitzen stehend das Meer sehen konnte und die hohen schwarzen Felsen, die von keiner Flut überspült wurden. Dann war sie durch das Zimmer gewandert und hatte sich bemüht, ihm zu danken — er stand in die Türöffnung gekeilt, die sie in dem großen Wandspiegel gedoppelt sah, er sagte:

Du musst nicht mir danken, das weißt du ja, sondern dem Bürgermeister.

Und mit einem schwer zu deutenden Gesichtsausdruck, als hätte er durchaus gern darauf verzichtet weiterzureden, sei aber dazu verpflichtet, fügte er hinzu:

Er hat gesagt, er kommt nachsehen, ob du gut untergebracht bist.

Und da schien das Meer, das sie eben so leichthin betrachtet hatte, sich plötzlich sehr weit zurückzuziehen, wie es offenbar vor einem Tsunami der Fall ist, der Anlauf dazu, sämtliche Gebäude mit einer Flutwelle zu überspülen. Und sie konnte ihre Überraschung nur mit einem Wort ausdrücken:

Wer?

Selbst ihm, Franck, war es peinlich, diesen Namen zu wiederholen, dabei führte er ihn jeden Tag mehrfach im Munde, peinlich, sich vorzustellen, wie jener Mann hier eintrat, denn er kannte in groben Zügen das darauf folgende Szenario nur zu gut, doch dann sagte er es trotzdem, er sagte »Le Bars«. Und sie, sie glaubte immer noch, sie hätte sich verhört, sie hakte nach:

Wie denn? Wo vorbeischauen?

Und schon entfernte Bellec sich durch den Gang, ohne direkt zu antworten, er wechselte das Thema: Richte dich in Ruhe ein, für die Arbeit unten im Saal zeigt Hélène dir, was du wissen musst, er entfernte sich weiter, tat so, als ob Le Bars' Besuch für sie ebenso selbstverständlich sein müsste wie für ihn, obwohl es ihn genug Überwindung gekostet hatte, das auszusprechen, und es auch nicht seine Aufgabe war, meinte er, sie auf das vorzubereiten, was nirgends bekannt werden durfte. Zu spüren, dass sie tatsächlich überrascht war, versetzte Franck im Inneren vielleicht etwas wie einen Stich, da ihm auf einmal klar wurde, dass sie doch naiver oder jünger war, als er sie eingeschätzt hatte, aber was änderte das schon? Es kam nicht in Frage, dass er sich zwischen zwei erwachsene, für ihr Handeln voll Verantwortliche stellte, genau das dachte er, Franck, das war nicht seine Geschichte, umso mehr, als Franck das Wenige, was von seinem Herzen noch übrig war, seit langem isoliert hatte, wie ein Musikinstrument in einem schalldichten Raum.

8

Und dass Franck sie gewarnt hatte, änderte nichts: Es gibt Welten im Gehirn, die sich nicht so schnell erfassen lassen. In dem Moment, da sie also die Tür vor ihm öffnete, vor Quentin Le Bars mit seinem angedeuteten Lächeln, da war es für sie, als sähe sie ein aus einer Zeitschrift ausgeschnittenes Foto, das jemand hier angeklebt hätte, im Zwielicht des Flurs: Er begrüßte sie, kaum verlegen, erwartete, dass sie ihn hereinbat, wie sie es auch bei einem Mann vom Gaswerk getan hätte, der den Zähler ablesen kam, abgesehen davon, dass er mit seinem über dem Bäuchlein etwas spannenden weißen Hemd und ohne die Krawatte, die er sich wohl gerade eben noch in die Tasche gestopft hatte, so gar nicht aussah wie ein Angestellter vom Gaswerk.

Siehst du, sagte er, ich habe mein Versprechen gehalten …

Und sie, Studentin, zwanzig Jahre alt, er, Bürgermeister der Stadt, achtundvierzig Jahre, sie lächelte, wie sie es gelernt hatte, trat einen Schritt zurück, um ihn einzulassen, und er küsste sie ohne jedes Zögern auf beide Wangen. In seinem Blick las sie die Mischung von — nein, das kam erst später, erst später, sagte sie, glaubte sie, diesen ein wenig unruhigen Ausdruck deuten zu können, wie eine nicht endende Kindheit, die dichten Augenbrauen leicht hochgezogen, so dass man hätte meinen mögen, er trüge etwas Wohlwollen oder Sorge um die Welt mit sich herum, oder — doch nein, nichts dergleichen, nur einfach die Tatsache, dass auch der Teufel nicht immer im roten Gewand auftritt und auch nicht immer mit Flammen in den Augen.

Und Le Bars schritt schon das Zimmer ab, als müsste er sich an den Raum gewöhnen oder vermute ein irgendwo verstecktes Mikrofon, oder aber er würde sich fragen, ob er selbst an einem solchen Ort wohnen könnte, jedenfalls dachte Laura das, dass alle Menschen, wenn sie irgendwo hinkommen, ob Schloss oder Bruchbude, sich immer fragen, ob sie dort wohnen könnten, ich bin jedenfalls so, sagte sie zu den Polizisten, im Traum wäre ich imstande, in sämtlichen Wohnungen der Welt zu wohnen — aber vielleicht habe ich auch ein Problem mit dem Wohnen, sagte sie.

Und Le Bars, immer noch im Zimmer, brauchte sich nicht auf die Zehenspitzen zu stellen, um hinauszuschauen, durch das große Dachfenster, das den Horizont rahmte, den grauen Himmel über den Wellen, den man über dem Meer dahinziehen sah, all das, was er für einen Augenblick wie eine fremde Stadt anschaute, als ein Besucher, der bald in sein fernes Land zurückkehren würde. Und dann sagte er, sehr sanft, sehr gemessen: Hier bist du gut untergebracht.

Sie nickte, wagte nicht, etwas zu sagen, während er dem Licht schon den Rücken zugedreht hatte und um das Bett herumging wie ein Plünderer, der nach der Stelle sucht, wo sich die Stadtmauer überwinden lässt, er hielt inne, zögerte noch, und dann setzte er sich einfach auf den Rand des Bettes.

Erst in diesem Moment, sagte sie, wurde mir klar, dass es in diesem Zimmer keine Sitzgelegenheit gab außer dem Bett — keine andere Gelegenheit, um jenen Abstand zu halten, der ihr das, was dann kam, hätte ersparen können, doch jetzt, es sei denn, sie hätte unumwunden nein gesagt, es sei denn, sie hätte ihn in seiner sitzenden Position lächerlich gemacht, doch jetzt war das nicht möglich, jetzt musste er schmelzen wie Schnee in der Sonne, dieser Abstand.

Ich stand immer noch, sagte sie, verstehen Sie, es war, als ob ich ihn ins Unrecht setzen oder mich unhöflich verhalten würde, sehen Sie, und er spürte das wohl auch, denn er machte keine weiteren Umschweife, er fragte nur: Willst du dich nicht auch setzen?

Sie schwor den Polizisten, dass sie sich nicht sofort setzte, noch ein Blick in den großen Wandspiegel, auf ihre eigene unbeholfene Gestalt, einen weiteren in ihr eigenes Inneres, um zu ermessen, was gerade geschah, denn in diesem Moment, erst in diesem Moment, in den wenigen Sekunden, in denen sie zögerte sich hinzusetzen, begriff sie, dass sie eine Entscheidung treffen würde, etwas in der Art wie die Unterschrift unter einen Vertrag, der nur schwer zu brechen sein würde und dessen sämtliche Klauseln sie bereits im Vorhinein akzeptiert, dessen sämtliche Zusätze sie unterschrieben hätte, die noch gar nicht formuliert waren, aber sie spürte schon, dass jede Bewegung jetzt auf ganze Seiten hinauslaufen würde, vollgeschrieben mit Verpflichtungen.

Ich kann Ihnen nur sagen, sprach sie weiter, was uns manchmal die Luft nimmt, ist nicht die Panik des Moments, sondern eher die unvermittelt klare Sicht auf die eigene Zukunft.

Sie sahen einander wieder an, die beiden Polizisten, wunderten sich immer mehr, mit wem sie es da zu tun hatten, wegen dieser etwas weitschweifigen, auch etwas unbeteiligten Art, in der sie ihre Geschichte erzählte, als wäre es nicht wirklich ihre, als würde sie sich dabei beobachten, wie sie alles schilderte, ohne dass sie auch nur einen Moment lang versuchte, sie beide bei den Gefühlen zu packen — dabei gelang ihr das, so sollten sie irgendwann begreifen, gerade dadurch. Und dann fuhr sie fort:

Aber diesen Vertrag, den hatte ich tatsächlich schon unterschrieben.

Wie denn?, fragte der Polizist.

Ich meine, das ist das Bild, das ich selbst in dem Moment dafür hatte, das Bild von all den Blättern, die ich in der Hand hielt, und jetzt war es zu spät, sie vor seinen Augen zu zerreißen, zu spät, um ihn aufzufordern zu gehen, ihn, den Bürgermeister der Stadt, nein, ich sage Ihnen, der Vertrag war geschlossen.

Und dann, ja, dann setzte sie sich auf den Rand des Bettes, neben ihn, nicht so besonders nah, aber eben doch. Und in dem Schweigen, das zwischen ihnen folgte, unter der Unterschrift, die sie dadurch soeben auf die letzte Seite gesetzt hatte, war auf einmal etwas wie ein endloser Wald gesprossen, gemacht aus tausend winzigen Zeichen, die sie beide mit Lichtgeschwindigkeit zu entziffern versuchten — er ihre Bereitschaft (er hätte denken können: ihre Verwundbarkeit, aber nein, er dachte: ihre Bereitschaft), und sie sein Begehren (sie hätte denken können: seine Vulgarität, aber nein, sie dachte: sein Begehren). Und dann, ohne ein weiteres Wort, nahm er sehr langsam ihre Hand.

Genau in diesem Augenblick ist es wirklich passiert, sagte sie, nicht in dem danach, nein, nicht später. Nicht mal, als ich dann sein Teil in der Hand hatte, sagte sie — ja, so unumwunden sollte sie das sagen, obwohl sie bis dahin so sehr gezögert hatte, die Dinge in aller Einfachheit, also in ihrer Brutalität zu benennen, und dann auf einmal war es einfach so rausgekommen, ohne weiteres Zögern, eine schlichte Sache von Organen, die sich nicht hätten begegnen dürfen, denn vielleicht wäre es für sie schlimmer gewesen, es nicht so zu sagen, sondern in all den Auslassungen und Umschreibungen zu verharren, die schon seit einer Weile das Bild in ihr herumschweben ließen, und um was zu sagen? Etwas, das in die einfachste Aussage der Welt passte — sein Geschlechtsteil, also, in ihrer Hand.

Ja, sagte sie weiter, als ich seinen warmen Händedruck spürte, war es, als ob meine Hand gar nicht mehr mir gehörte, und als ob er damit die gesamte Lebensenergie in mir gepackt hätte, um sie zu kontrollieren oder zu magnetisieren, ich weiß nicht, auf jeden Fall hatte er mich von da an in der Hand, und als er meine Hand anhob, als er sie ganz langsam auf seinen Gürtel zubewegte, da war es im Gegenteil, wenn ich das irgendwie erklären kann, im Gegenteil so, als ob die Welt sich ganz vorsichtig wieder zusammensetzen würde, ich meine, als ob alles danach, jede Bewegung, jedes Wort danach nicht dazu diente, die Wucht der Explosion zu verstärken, sondern vielmehr zu garantieren, dass all das ganz logisch war, dass all das folgerichtig war und wie von einem Gott geboten, den ich nicht kannte, aber der zu wissen schien, was er tat — jedenfalls habe ich mich in seine Hände gegeben, diesem unbekannten Gott, für alles, was an diesem Tag in diesem Zimmer geschehen würde.

Er, Le Bars, ließ sich die nötige Zeit, zählte vielleicht die Sekunden wie ein Anästhesist, der vor der Operation die Wirkung seiner Spritze abwartet, um zu sehen, ob die Dosis von Curare oder von wer weiß welchem starken Mittel für diesen Körper genügte, mit anderen Worten, ob sie nicht schreien oder aufspringen oder ihn ohrfeigen würde, aber ich, sagte sie, nein, ich habe mich nicht gerührt, ich will sagen, nicht mehr als ich mich nach seinen Wünschen in diesem Moment bewegen sollte, nur meine Hand bewegte sich wie ein unbelebter Gegenstand auf ihn zu, also auf den deutlichen Abdruck seines steifen Geschlechtsteils.

Und dann machte sie vor diesen beiden Polizisten eine lange Pause, die beide nicht zu unterbrechen wagten, als würde sie, Laura, über den weiteren Hergang nachdenken und ihn nur mit Mühe zusammenkriegen.

Er sagte, er könne mir helfen, sagte sie dann. Ich habe es getan, weil er als Erstes das gesagt hat: Ich will dir helfen, Laura.

Er hat Ihre Hand genommen, sind Sie da sicher?

Sie schloss nur einmal kurz die Augen zum Zeichen der Zustimmung.

Und dann?

Dann, was dann, ich weiß nicht. Sein Blick vielleicht. Oder ein leichter Zug seiner Hand, oder ich habe von mir aus gedacht, dass … Jetzt schwieg sie wieder, den Blick zum Boden gerichtet.

Dass was?

Dass es eben so läuft.

Wie, fragte der Polizist, dass was so läuft?

Ich weiß nicht. So eine Situation eben. Dass, wenn man mal so weit ist, wenn man auf dem Rand von einem großen Bett sitzt in einem Schlafzimmer mit einem Mann wie ihm, dass man es dann zwangsläufig, na ja dass man es, ja, dass man es dann macht.

Dass man es macht?

Ja, dass man es macht, dass man es zulässt, seine Hand führt Ihre bis zu seinem Geschlechtsteil und Sie verstehen, dass es jetzt Ihre Aufgabe ist, tätig zu werden — dieses Wort da sagte sie, tätig, und dass sie dann eben tätig wurde.

Er hat nichts von Ihnen verlangt?

Nein. Eigentlich nicht.

Also haben Sie es aus freiem Willen getan?

Nein, ich sage ja, ich habe es tun müssen, das heißt nicht, dass es aus freiem Willen war.

Und die beiden Polizisten wurden allmählich ungeduldig, sie hakten noch einmal nach:

Moment mal, Sie sagen, er hat nichts von Ihnen verlangt?

Nein, nichts. Jedenfalls hat er nicht gesagt »Zieh dich aus« oder »Leg dich hin«, nein, so einen Satz hat er nicht gesagt.

Und zwar aus einem ganz schlichten Grund, so war ihr später klar geworden: Weil er sich selbst belügen musste, mit anderen Worten, in ihm bestand das Bedürfnis, nachher mit dem Gefühl aus dem Zimmer zu gehen, dass es nicht an ihm gelegen habe, dass nicht er es gewesen war, sondern dass sie selbst tätig geworden war, dass sein eigener Körper nur einfach nachgegeben hatte, aber nicht aus eigenem Willen, sondern, ja, dass er vollkommen überrascht auf einmal ihre Hand auf seinem Geschlechtsteil hatte, dass er überrascht den Kopf leicht nach hinten gelegt hatte, dass er auf einmal nicht mehr er selber war, sondern wie von dieser Schlampe bezirzt, die nur darauf aus war, sein Teil zu blasen, und er, was hat er anderes getan, als den unvermeidlichen Gesetzen der Natur zu folgen? Was hat er anderes getan, als ihr, die die Wärme seines Geschlechtsteils suchte, zu Diensten zu sein? Das waren all die Gedanken, die er für lange Zeit befestigte, die Art Gedanken, die er brauchte, um vor sich selbst die Reue angesichts seines Übergriffs zu bemänteln, oder aber es war die Art Gedanken, die *sie*, Laura, brauchte, um sich ihn als reuevoll oder schuldbewusst oder ganz einfach traurig vorzustellen, um ihrerseits die eigene Reue oder

Traurigkeit zu ertragen, als er zehn Minuten später so rasch aufstand, seine Hose so rasch zumachte — und so rasch im Abend verschwunden war, kaum noch ein Blick zurück, als er die Tür zuzog.

9

Und haben Sie nicht gleich daran gedacht, Anzeige zu erstatten?, fragte der Polizist.

Daran gedacht? Daran gedacht, ja, vielleicht, aber dieser Gedanke muss ebenso rasch vorübergezogen sein wie ein Komet in der Nacht, ich kann mich nicht daran erinnern. An dem Tag habe ich, wenn man das so sagen kann, eher Anzeige gegen mich selbst erstattet.

Und gewissermaßen hatte sie das tatsächlich getan, Laura, als sie eine Stunde später am Strand lag, sie wusste nicht, sollte sie die Augen schließen oder sie vielmehr für den feuchten Wind öffnen, für das Meer, noch war Ebbe, aber die Flut stieg schon wieder und würde sie bald umhüllen, sie und dieses seltsame Ding, das ihr Gesellschaft zu leisten schien, so nahe und unerwünscht, diese Beschämung vielleicht, die unaufhörlich in ihr knisterte, so dass weder die Felsen noch das stille Wasser dafür hätten sorgen können, dass das Murmeln zwischen ihren Schläfen verstummte und von ihr abfiel, wie eine am Fuß der Stadtbefestigung zurückgelassene Waffe, bald von Algen und Flechten bedeckt, oder dass eine Brise es über das Wasser forttragen würde, doch nein, das geschah nicht. Sie hatte keinen Blick für die Spaziergänger auf dem Sand oder den trockengefallenen Felsen übrig, kaum für die Hunde, die am Wasser entlangliefen, oder die zum Boden geneigten Muschelsammler, nein, sie sah nichts von dem friedvollen Leben, das es so gut versteht, direkt neben dem Unglück weiterzulaufen, oder nein, nicht dem Unglück, sondern der Erstarrung, und dabei hoffte sie, dass Zigarette um Zigarette helfen würden, den allzu salzigen oder zu herben Geruch seines Schweißes zu vertreiben — hier unter der verschleierten Sonne des Spätnachmittages musste sie sich bisweilen aufrichten, um den immer noch frischen Wind zu spüren, und was außerdem? Um den Horizont zu betrachten, damit sie nicht vergaß, dass es ihn gab, während keinerlei Klarheit ihn mehr weiten zu können schien — ja, so kam es ihr vor, sobald sie hinausging, tatsächlich, sobald sie die Treppe hinunterlief, um frische Luft zu schnappen, und lange durch die Stadt marschierte, dann über die Felsen, und schließlich hatte sie sich hier, auf dem Hauptstrand, niedergelassen wie ein gestrandeter Wal, den das Wasser bald bedecken würde, und dort hoffte sie, dass sie eines Tages wieder ins Weite gelangen würde, dass die Fluten sie bald wieder trügen und sie wieder in den Weiten der Meere schwimmen könnte. Doch jetzt war es vorerst nur so, als kämen vom Grunde des Ozeans sämtliche Göttinnen des Meeres herauf und würden sich auf dem flüsternden Schaum versammeln, als hätten sie beschlossen, mit ihr zu reden, oder nicht mit ihr zu reden, sondern Ansprachen zu halten, worauf sie sich so gut verstanden, um etwas zu kommentieren, das man getan hat. Und es war wie ein antikes Drama, das hierher in diesen Winkel des Abends versetzt wäre, eine Versammlung von fünfzig Nymphen, die um sie herum psalmodierten: O Laura, was hast du getan? Was hast du getan?

Und sie, sie wollte ihnen nur sagen, während sie ihrem Lied am Saum des Schaums lauschte, dass sie zu spät dran waren, dass es mit den Göttern immer dasselbe sei, sie kreuzen nach der Schlacht auf, und es ist einem, als würde ihre

Freude darin bestehen, die Reue zu nähren, wie wenn man in die Glut pustet. Und fast konnte sie sie lachen hören, fast sah sie den neckenden Blick, den nur Fantasiewesen in der sauren Luft bewerkstelligen, und sie wiederholten wie ein Kinderchor immer nur: O Laura, was hast du getan? Was hast du getan?

Als es Nacht wurde, musste sie gehen. Sie musste wieder hinauf in dieses Zimmer, das Dachfenster hatte sie geöffnet, damit die Luft, der Geruch und der Sinn dessen, was sie tat, damit das alles ausgetauscht wurde. Sie musste duschen, lange, sehr heiß duschen. Sie musste aus ihrer Tasche die Dose mit den Beruhigungsmitteln holen, die sie überall mit hinnahm, denn in der Welt der Mode hatte sie gelernt, raue Mengen davon zu schlucken. Und fast funktionierte es, das Wasser, die Pillen, der Schlaf. Am nächsten Morgen wachte sie auf, und alles schien weit weg. Sie sagte sich sogar, gut, es war passiert, es war vorbei, sie waren quitt.

Ja, genau das habe ich gedacht, sagte sie zu den Polizisten, dass es jetzt vorbei war, dass ich jetzt zu Hause war, und es war vorbei — ich schwöre Ihnen, das habe ich gedacht.

Das meinen Sie damit? Sie haben das gedacht?

Es gibt gewisse Dinge, fuhr sie fort, bei denen bin ich nicht sicher, dass Sie die überhaupt verstehen können.

Ach nein?, meinten die beiden.

Und in der Pause, die sie entstehen ließ, überlegte sie, wie sie es ihnen erklären, wie sie zu ihnen sagen sollte, dass die zweite Stufe, so fuhr sie fort, die zweite Stufe sehr viel höher sei als die erste.

Und tatsächlich, wie erwartet, sie schienen es nicht zu verstehen, nicht mehr, als wenn man ihnen eine mathematische Gleichung vor die Nase gehalten hätte, eine restlos abstrakte —

sie beide, Schüler voll gutem Willen, aber deren Witz nicht für diese Art von Metaphern geeignet war, so dass vor ihrem inneren Auge nichts auftauchte als ein sozusagen buchstäbliches Bild von einer Treppe mit ungleich hohen Stufen.

Dass das Härteste, sagte sie, oder auch das Schlimmste, oder auch das Absurdeste, nicht darin besteht, von 0 bis 1 zu gehen, sondern vielmehr von 1 bis 2, ich meine, verstehen Sie, vom ersten Mal zum zweiten Mal.

Sie wollen sagen, es hat ein zweites Mal gegeben?

Am nächsten Tag. Zur selben Uhrzeit. Jemand kam in die Bar, um mich zu holen, es hieß: Er erwartet dich.

Wer, »jemand«?

Ich weiß nicht. Irgendwer.

Und Sie sind hochgegangen?

Ja.

Und da hielt der Polizist, der die ganze Zeit an seinem Computer protokollierte, inne, als könne er eine Anzeige, die er immer weniger berechtigt fand, nicht weiter aufnehmen, und er sagte:

Ich verstehe nicht. In dem Moment hätten Sie sich doch sehr gut weigern können.

Vielleicht, sagte sie. Ich weiß es nicht. Und beinahe genervt, oder aber weiterhin laut nachdenkend, fuhr sie fort: Wissen Sie, warum das zweite Mal schlimmer ist als das erste? Ganz einfach, in diesem Mal, im zweiten sind alle weiteren enthalten.

Und da sagte der zweite, stillere Polizist, der den jetzt wie geölt laufenden Mechanismus ihres Berichts nicht stören wollte, mit sanfter Stimme: Ja, natürlich, ich verstehe.

Nein, das glaube ich nicht, sagte sie zu ihm, ich glaube nicht, dass Sie das wirklich verstehen, denn das ist ganz einfach nicht möglich, absolut nicht möglich, denn dann wüssten Sie mehr davon als ich, und das hätte bitte sehr ja keinen Sinn. Und bei dem letzten Wort stützte sie die Ellbogen auf den Schreibtisch, wie als Ausrufezeichen hinter ihrem Satz, eines, das keine Sprache wirklich hätte übersetzen können.

Es ist ja vielleicht Ihr Job, die Tatsachen zusammenzutragen, fuhr sie fort, und sie sogar zusammenzufügen wie ein Kartenhaus, aber ich sage Ihnen, ich brauche nur näher zu kommen, ich brauche nur ein ganz klein bisschen zu pusten, und schon bringe ich Ihr Kartenhaus zum Einstürzen. Und wissen Sie warum? Weil es mein eigenes Kartenhaus ist, mit meinen eigenen Karten.

10

Sie sagte, sie erinnere sich an jedes einzelne Mal, an jedes
Detail, könne jedes Mal genau beschreiben, die Farbe des
Himmels und die wenigen Minuten, in denen er über ihr
war, oder aber sie über ihm, oder aber ... Sie sagte, es habe
nie lange gedauert, wegen dieser typischen Art der Poli-
tiker, er kam zwischen zwei Terminen und wollte nichts,
als möglichst schnell dieses männliche Bedürfnis stillen,
dieses so krankhafte und zugleich so drängende. Sie sagte
auch, dass sie mit der Zeit zwangsläufig, schon wahr, vergaß, dass sie mit sich sträubendem Körper da hineingera-
ten war, als wäre es nicht möglich, so oft aus dem eigenen Fleisch hinauszutreten, beinahe vergaß sie, dass sie es
als Gegenleistung für etwas tat, für die Wohnungsvermitt-
lung, die sie nicht mehr anzusprechen wagte, und nach ein
paar Tagen wurde ihr auch klar, dass es dazu nicht mehr
kommen würde, höchstens sie selbst hoffte im Stillen weiter darauf, um ihre Handlungen vor sich zu rechtfertigen —
aber das war gewiss einer der subtilen Mechanismen der
Maschine, der nach ein paar Tagen diese Begegnungen als
über ihren Zweck hinaus notwendig hinstellen würde, über
den schlichten Handel hinaus, den sie stillschweigend abgeschlossen zu haben schienen, wie einen Stammespakt,
bei dem das Tauschobjekt längst vergessen und hinter dem
mechanischen und rituellen Charakter des Tauschzeremo-
niells verschwunden war.

Und jeden Tag oder so gut wie erwartete sie ihn gegen fünf Uhr nachmittags, gewissermaßen ihren einzigen Kunden, sie saß dann auf einem Hocker an der Casino-Bar, Bellec baute sich am anderen Ende des Tresens auf und sah zu Hélène, als ob er sie um Erlaubnis fragen würde, dann ging er zu Laura hinüber und gab ihr zu verstehen, er sei da, der Bürgermeister, er sei gerade angekommen und erwarte sie oben. Dann entschuldigte sie sich bei den Gästen, leerte mit einem Zug die Champagnerflöte, die ihr gerade jemand ausgegeben hatte, und sagte: Bis gleich. Franck, der Hélène nicht mehr anzusehen wagte, folgte ihr mit den Blicken zu der schlecht beleuchteten Treppe, die sie jetzt erklomm. Und Hélène selbst versäumte es nie, ihre Verärgerung deutlich zu zeigen, sie stellte ihr Glas unsanft auf dem Stahltresen ab, ebenso ostentativ stand sie auf und postierte sich oft am Fenster, wo sie den stets vorgezogenen Vorhang lüftete. Das war ihre Art der Missbilligung, indem sie nach draußen schaute, indem sie ihren Bruder zwang, sich daran zu erinnern, dass schräg unten, in einer schwarzen Limousine mit abgedunkelten Scheiben, ein alter Boxer wartete, nichtsahnend. Dort stand sie dann für lange Sekunden, starren Blicks, und fragte sich, wie das nur sein konnte.

Den Weg vom Rathaus zum Casino, das muss man schon sagen, hätte man problemlos zehnmal pro Tag zu Fuß zurücklegen können, aber Le Bars nicht, er nahm immer den Wagen, ohne dass Max selber gewusst hätte, ob das aus reiner Faulheit so war oder aus Gründen der Diskretion — oder aber aus Zynismus, hätte er noch hinzufügen können, wenn er denn Bescheid gewusst hätte. Und wenn es eine Strecke gab, auf der Max jeden Zentimeter Asphalt kannte, dann diese, die vom Hof des Rathauses bis hinter das Casino führte, an den alten Galionsfiguren vorüber, die die Stadtmauer belagerten, und dann glitt er auf den Parkplatz, vor Blicken geschützt, also nicht vor die mit rotem Teppich belegten Eingangsstufen, die den Gästen weismachten, sie wären wichtig, sondern zu der kleinen Tür, dem Dienstboteneingang, durch die seit vielen Jahren Le Bars Franck besuchte, das heißt, er sagte, Max solle ihn da absetzen, und beim Zuklacken der Tür sagte er: Warten Sie hier, ich hab nicht für lange.

Hätte er denn Bescheid wissen können, er, der Fahrer, der all diese Zeit vor dem Gebäude in seinem Wagen saß und die Gelegenheit nutzte, um den Sitz etwas nach hinten zu kippen, das Autoradio aufzudrehen und, froh darüber, ein wenig allein zu sein, in seiner Box-Zeitschrift las, leise zu der Melodie pfeifend, die aus dem Radio drang? Man stelle ihn sich vor, Max Le Corre, seine Finger tippen von der Melodie irgendeines amerikanischen Sängers getragen auf dem Lenkrad, während nur wenige Meter weiter der andere, der Bürgermeister, sich auf seine Weise davontragen lässt, den Blick allerdings ins Leere gerichtet — im Film könnte man zwischen seiner Stimme, also Max', der den Refrain mittrompetet, und ihrem Kopf, also Lauras, hin und her schneiden, den die Hand des Bürgermeisters noch etwas stärker gegen dessen Bauch drückt, damit er sein Geschlechtsteil noch besser hinten in ihrem Mund spüren kann, und dann wäre es, als würde der Vater lauthals versuchen, mit seiner Stimme zu übertönen, was er doch gar nicht wissen konnte, das er nicht wissen sollte, das er niemals erfahren durfte. Man sagt ja, es sei für Kinder schlimm, sich ihre Eltern beim Sex vorzustellen, vielleicht ist es für einen Vater doch noch schrecklicher, sich seine Tochter vorzustellen, die ...

Aber das war nicht der Fall. Er stellte sich gar nichts vor. Er sang oder schlief oder las in dieser Zeitschrift, in der es freilich einen Artikel über seinen Gegner und ihren bevorstehenden Kampf gab, der andere trainierte bereits seit einer Stunde im Studio, wohin er selbst sich erst in einer Stunde begeben würde, ebenfalls ganz ohne zu wissen, welche zusätzliche Wut er in seine Schläge auf den Sandsack legen könnte, auf den er maßlos einprügeln würde.

Und all das umfing Hélène mit ihrem Blick aus dem Fenster im ersten Stock, mit dem Gedanken, das sei ja gar nicht möglich, diese ganze Ironie, dank derer der Wagen noch schwärzer schien, und dann dieser so ahnungslose Mann, den sie so gut gekannt hatte. Vor ihrem inneren Auge sah sie, wie Lauras Gesicht sich verhärtete, wenn Franck ihr ins Ohr flüsterte, dieselbe Laura, die, das wusste Hélène, in fünfzehn Minuten die untersten Stufen wieder herunterkommen, auf die dicke Auslegeware des Casino-Saals treten würde. Auch wenn sie das im Laufe der Tage, so bemerkte Hélène, immer besser fertigbrachte, mit einer Undurchdringlichkeit, mit der sie die Situation zu beherrschen glaubte, nachdem sie ihren Stolz genau an diesem Ort weggesperrt hatte und sich selbst überzeugen wollte, dass sie, wenn sie diese Treppe wieder herunterkam in den Saal und zu den Blicken aller anderen Frauen, die genau wussten, woher sie kam, sich überzeugen wollte, dass sie ihre Kraft aus dem ungerührten Blick bezog, den sie zu bewahren verstand, vielleicht in der Art eines Stuntmans, der aus einem brennenden Wagen kletterte und im Wissen darum, dass man ihm zuschaut, eine vollkommen gelassene Miene aufsetzt.

Und für Hélène kam dann natürlich aufgrund der Montage des Blicks, den sie erst auf den Vater richtete, dann auf die Tochter, irgendwann der Moment, wo sie es nicht mehr aushalten konnte: Als sie Max die hintere Wagentür öffnen, sich vor ihren Augen erniedrigen sah, dachte sie eines Tages vielleicht noch mehr als sonst, das könne nicht sein. Und vielleicht an diesem Tag mehr als an einem anderen, weil sie zusätzlich ein Gespräch auf dem Parkplatz mitbekam. Sie hörte, wie Le Bars mit einem Blick auf die Möwenschisse auf dem hinteren Kotflügel meinte: Sagen Sie mal, Max, der Wagen ist wirklich ziemlich dreckig, den müsste mal wieder gewaschen werden.

Stimmt, sagte Max, ich kümmere mich darum.

Ja, in genau diesem Moment dachte sie, das könne nicht so weitergehen. Sie ließ die Falte des Vorhangs los, den sie jetzt leicht geöffnet ließ, verschwand ihrerseits aus den Lichtern an der Bar, kaum, dass Le Bars ins Gebäude geschlüpft war, ging zum Parkplatz hinunter, ihre hohen Absätze knallten auf dem Boden und erotisierten die Luft allein durch ihren Gang. Max hatte sie wahrscheinlich nicht schon von weitem kommen sehen, doch da sie den Wagen auf der Vorderseite umrundete, da sie vor seinen Augen an der Stoßstange entlangging, konnte er sie gar nicht übersehen, wie sie ihm näher kam und sich dann am Fahrerfenster aufbaute.

Es hatte eine eigenartige Wirkung auf ihn, Max, sie so aus der Nähe zu sehen, nachdem er sie all die Jahre ignoriert hatte, ihr aus dem Weg gegangen war, bisweilen hatte er ihre ferne Gestalt erblickt, aber den größtmöglichen Abstand bewahrt, den er brauchte, um nicht von seinen eigenen Dämonen heimgesucht zu werden, und hier neigte sie sich auf einmal zu ihm, fast stützte sie ihre Ellbogen auf die Fahrertür, dazu ihre hochgeschnürten Brüste und der schon um diese Tageszeit alkoholgeschwängerte Atem. In die-

ser plötzlichen Nähe fand er sie weder gewelkt noch aufge-
schwemmt, vielmehr erlebte er eine Art Schnelldurchlauf, in
dem ihre beiden Gesichter, das alte und das neue, sich genügend mischten, um sogar die Erinnerung an die Jugend wach
werden zu lassen, an die Zeiten, in denen ihr Strahlen durch
die gesamte Etage des Casinos glitzerte, auf Max' Haut, auf
Francks weißem Anzug.

Er zögerte kurz, ihr zu sagen, sie solle sich verpissen, er
habe ihr nichts zu sagen, etwas in der Art, aber in Wahrheit hatten all die Jahre seinen Zorn gemildert, so dass er
jetzt, das Gesicht nach vorn geneigt, damit er ihr nicht in
die Augen zu schauen brauchte, versuchen musste, eine
Wut herbeizurufen, die sich ihm entzog. Nein, sie war nicht
mehr die verbrecherische Königin, die ihn auf den Grund
der Nacht hinabgezogen hatte, sondern nur noch eine arme
Frau, die sich seinem Wagen mit einer weißen Flagge ge-
nähert hatte, fast eine Schwester im Schmerz, das spürte
er. Als sie also sagte: Grüß dich, Max, lange her, was, mit
der Stimme einer schweren Raucherin, die binnen fünf Jahren noch erheblich rauer geworden war, wandte er ihr den
Kopf zu und murmelte: Grüß dich, und wusste dabei, dass
dieses Wort allein, durch die Hinwendung, die es bedeutete, bereits viele Rechnungen beglich — und ihn gewissermaßen beinahe mit sich selbst versöhnte. Und es stimmte:
Solange er die Traurigkeit über die vergangenen Zeiten für
sich behielt, solange er außerstande war, diesen Raum in
seinem Gedächtnis neu anzustreichen, behinderte ihn etwas, das sich unvermittelt glättete, indem er so am Fenster
seines Wagens nicht nur Hélène begegnete, sondern einem
ganzen großen Abschnitt seiner eigenen Geschichte — und
noch ohne zu wissen, dass bestimmte Türen zu Räumen des

Gedächtnisses besser nicht geöffnet werden sollten, nicht einmal, um sie durchzulüften, in der Absicht, den Staub hinauszuwehen, sondern dass sie im Gegenteil verrammelt und verriegelt bleiben sollten und dass man das für den Rest seines Lebens akzeptieren muss. Und da er nun eben den Riegel gesprengt hatte, musste er natürlich darauf hoffen, dass in dem geöffneten Raum alles intakt geblieben war, angefangen bei dem magischen Liebestrank, der ihn tausendmal berauscht hatte, und dessen Zauber, so wurde ihm gleich klar, immer noch wirken konnte.

Und man mochte glauben, dass sie beide denselben Riegel im selben Moment gesprengt hatten, dass allein der Blick in die Augen des anderen ein Stemmeisen war, um dieselbe Tür aufzubrechen, und ein Hauch von Verlangen schien beide wortlos zu packen — und ein paar Stunden später, auf einem Bett liegend, wie durch Zauberkraft in weit zurückliegende Zeiten befördert, im Bewusstsein dieses Tricks, doch voll gedämpfter Freude darüber, diesen Zustand wieder zu erleben, wie zwei Figürchen, in einer Schneekugel durchgeschüttelt, ja, kurz war ihnen das vergönnt: das vollständige Wiedereintauchen in ihre gemeinsame alkoholgetränkte Geschichte hinter den zugezogenen Vorhängen von Hélènes Zimmer.

Doch als sie sich auf dem Rücken liegend eine Zigarette anzündete, als Glut und Begehren langsam aus den zerwühlten Laken wichen, da erinnerte sie sich, den Blick an der Zimmerdecke, dass sie nicht deshalb wieder auf ihn zugegangen war, nicht nur, um solche nostalgischen Stunden in Gang zu bringen. Jedenfalls tauchte in diesem Moment das Bild von Laura auf, wie sie vom Barhocker rutscht, sich bei den Gästen entschuldigt, das Bild von Franck, der ihr mit einer Kopfbewegung zu verstehen gibt, »Wär besser, du würdest hingehen«, das heißt, »Er erwartet dich«. Und in diesem Bett, in dem sie jetzt beide rauchend lagen, sagte Hélène:

Du kannst das nicht einfach geschehen lassen, Max.

Wie? Was geschehen lassen?

Und ihr wäre es lieber gewesen, er hätte die Andeutung verstanden, das hatte sie gehofft, dass etwas in ihm hinreichend bereit gewesen wäre, damit sie nicht die Namen in sein Fleisch stoßen musste, die sie nicht nennen wollte, die sie nicht nannte, denn sie sagte nur: Max, du gehst mir so auf die Nerven, jetzt saß sie auf dem Bettrand und begann sich anzuziehen, während sich in seinem Kopf jene merkwürdige angstvolle Dunkelheit erhob, immer schwärzer, etwas, wie wenn die Sonne bei einer totalen Finsternis vom Mond bedeckt wird.

Meine Tochter ist erwachsen, sagte er, sie kann tun, was sie will.

Und während sie die letzten Knöpfe an ihrer Bluse schloss, fügte sie noch hinzu: Ja, da hast du sicher recht, schließlich weiß ja auch niemand was davon.

Da setzte er sich seinerseits im Bett auf und runzelte die Brauen, er fragte:

Wie bitte? Wovon weiß niemand was?

In diesem Augenblick wurde Hélène klar, dass er nicht über dasselbe redete, das heißt, Max hatte zwar verdaut, dass seine Tochter als Kellnerin für Franck Bellec arbeitete, aber mehr auch nicht, mehr wusste er nicht, mehr ahnte er nicht, stellte sich nichts weiter vor, als gäbe es Mittel und Wege, bestimmte Dinge vergraben und unsichtbar zu bewahren. Aber Hélène brauchte gar nicht mehr zu sagen, denn er stellte sich schon in seinem Schädel alles Mögliche vor, und unter diesen Möglichkeiten war selbstverständlich auch die schlimmste von allen.

Was willst du mir sagen, Hélène?

Und da sie nicht antwortete, da sie nicht antworten konnte, wiederholte er die Frage, hielt sie beim Arm gepackt: Was willst du mir sagen?

Sie entzog ihm den Arm, so gut es ging, dann machte sie einen Schritt zurück und sagte nur: Es, es tut mir furchtbar leid, ich hab nichts dagegen tun können.

Und Max versuchte, die Hypothese zu ermessen, die kurz vor seinen Augen aufgeblitzt war — denn es war ja nur eine Hypothese, nicht wahr, es durfte nur eine Hypothese sein, und daher genügte es, sie langsam zu verdrehen wie eine Eisenstange, die man unbrauchbar machen will, und schließlich, Hélène, die kannte er ja, die hatte immer so einen Hang zum Tragischen gehabt, und Franck würde so etwas niemals zulassen, und Laura war ein anständiges Mädchen, und er verdrehte die Eisenstange weiter, soll heißen, er weigerte sich, sie sich in einem Zimmer miteinander vorzustellen, den Mann, den er tagtäglich chauffierte, und seine eigene Tochter, stattdessen hielt er sie in zwei voneinander getrennten Blasen, in einer abgeschlossen den Mann hinten im Wagen und in einer anderen Laura, seine Tochter, und es war unmöglich, sie einander genügend anzunähern, wie wenn man bei einem Sehtest das Tier in den Kreis rücken muss, ja, hier war es dasselbe, wenn der Bürgermeister der Kreis und seine Tochter das Tier war, nie würde es ihm gelingen, sie in diesen Kreis zu setzen. Und auf einmal spürte er, dass er diese grelle Wahrheit, diese Intuition, die er jedenfalls gehabt haben musste, innerlich in einem gründlich umgitterten Park isoliert hatte, einem Käfig gleich, den er mit abgekehrtem

Rücken bewacht hatte — und ohne zu wissen, dass, während er vor diesem eisernen Vorhang Wache stand, hinter ihm das Tier grub und unermüdlich grub. Und wahrscheinlich hatte es eines der schönsten Souterrains gebaut, die es jemals gab, bis es genau an der Stelle herauskam, an der er Wache bezogen hatte, bis es an den helllichten Tag kam und ihm ins Gesicht lachte, ist doch klar, du weißt das schon lange, du hast es nur nicht sehen wollen: Deine Tochter ist die Hure von deinem Chef.

Und all das, all diese einen Kreis bildenden Gedanken, die in tausend Umdrehungen zu rotieren schienen, all das hatte vielleicht nur eine Viertelsekunde lang gedauert, die Zeit, die er brauchte, um das Laken, das ihn bedeckte, zurückzuschlagen und sich auf den Bettrand zu setzen, neben die schweigende Hélène. Und dann stand Max auf, ebenfalls schweigend. Er zog sich langsam an, mechanisch, dann ging er hinaus in den dämmernden Tag — in das triste Blau des Morgens, das alles einhüllte, die Stadt, das Meer, seine Seele, und er ging den Strand entlang, ohne einen Blick darauf zu werfen, immer weiter, wie ein Automat, der weiß, was er zu tun hat.

Er ging durch das Einfahrtstor des Rathauses zu seinem Wagen auf dem Parkplatz. Er betrachtete noch einmal die Möwenschisse auf dem hinteren Kotflügel. Er dachte, ja, der Wagen ist dreckig, man müsste ihn mal waschen. Und das tat er dann. Er setzte sich hinters Steuer. Er startete den Motor. Er fuhr bis zur nächsten Waschanlage. Er stieg aus, um Geld in den Schlitz der Maschine zu stecken. Er drückte auf den grünen Knopf, dann stieg er ungeachtet des rot geschriebenen Verbots wieder ein. Der Wächter, der die Anlage von seinem Häuschen aus im Blick hatte, kam schreiend angerannt und klopfte an die geschlossene Scheibe, er solle aussteigen, aber Max rührte sich nicht, der Typ sprang beiseite, um nicht selbst von den Bürsten erfasst zu werden, die auf ihren Gleisen losglitten, schon die ersten Sprühstöße lauwarmen Wassers ließen die Windschutzscheibe blind werden, dann wurde das Tageslicht vom weißen Schaum gedämpft, und am liebsten wäre es Max gewesen, wenn der ins Innere gedrungen wäre, wie in einer Badewanne, in die man sich unendlich müde gleiten lässt.

Und dann wanderten die großen schwarzen Bürsten die Karosserie ab, bis zum hinteren Kotflügel, und wuschen die Möwenschisse ab. Danach stieg Max aus dem Wagen, kontrollierte, ob alles sauber war, und dann fuhr er weg. Und aus der jetzt blitzsauberen Limousine konnte er auf den großen Reklameschildern am Rande der Avenuen wie auf Bäumen aus Metall und Glas, die mit den Platanen wetteifern wollten, wieder die großen Plakate sehen, auf denen sein bevorstehender Kampf angekündigt wurde, die beiden Figuren mit vorgestreckten Fäusten vor einem besternten Hintergrund, und darüber in fetten Lettern »Samstag 5. April Große Box-Gala«.

Nur dass der 5. April morgen war.

ZWEITER TEIL

1

Nur halb bei Bewusstsein auf der schwankenden Trage, all diese Gesichter, die sich über ihn neigten, der die Halle in Zeitlupe und mit glasigem Blick verließ, er sah all ihre Münder, die Großbuchstaben bildeten und laut über seinem Körper schrien, eine Art Wattewand trennte ihn von der Welt, und er hörte nichts — gerade noch so erkannte er ihre, Lauras, Gestalt, sie ließ seine Hand nicht los, als wäre sie es, seine Hand, die ihn in der Welt der Lebenden hielt. Von ihren Lippen konnte er die paar Wörter ablesen, die man in solchen Situationen so sagt, immer wieder sein Vorname und außerdem, er solle durchhalten, halt durch, Papa, schien sie in demselben wattigen Lärm zu sagen, während sie ihn mit aller Kraft vom Gewicht der sich um ihn drängenden Menge abschirmte, vor allem von den Fotografen, die ihre Kameras unablässig hochrissen, um die Blitzlichter auf seinen zerschlagenen Körper herabregnen zu lassen, etwas entfernter die fünfhundert Zuschauer, noch im Zwielicht, die nicht begriffen, nicht begreifen konnten, wie es möglich war, dass nicht er in dem hell beleuchteten Ring die Arme hochgerissen hatte zum Zeichen des Sieges, den sie alle ihm schon im Voraus zuerkannt hatten, sondern der andere, Costa, sieben Jahre jünger als er, der ganz gewiss um seine Haut gefürchtet hatte, als er vor zwanzig Minuten in den Ring stieg, und sich jetzt immer noch fragte, ob es tatsächlich wahr war, ob er wirklich gesehen hatte, wie Max Le Corre unter seinen Schlägen zusammenbrach.

Sie alle, die Zuschauer, woher hätten sie wissen sollen, warum seine Beine so unter dem Gewicht seines Oberkörpers nachgaben, warum sein Gesicht sich so vorbehaltlos der Gewalt der Handschuhe seines Gegners darbot, warum er plötzlich genauso wehrlos war wie eine Kerzenflamme, auf die ein Kind bläst, kurz flattert sie noch am Rande der Auslöschung, bis sie, ja, erlischt, und er wirklich stürzt, bis er zunächst geschwankt hatte und dann gestürzt war, nachdem er so lange noch durch den Ring gestolpert war, wie er nur konnte, seine Beine wie Bowling-Kegel, die noch einen Augenblick dem Sturz widerstanden, eine Hand am Seil, die aber auch irgendwann losließ. Auch der Schiedsrichter hatte nicht gewagt, den Countdown allzu früh zu beginnen, überzeugt, dass Max in der nächsten Sekunde aufstehen und sich dem weiteren Kampf stellen würde. Doch dieser weitere Kampf fand jetzt auf der Trage, auf der er hingestreckt war, zwischen ihm und ihr statt, seiner Tochter, und bestand zunächst darin, die Wirklichkeitssplitter zusammenzuraffen, die in der Luft verteilt waren, von der Menge verwirbelt, wie eine zersprungene Scheibe, wie man sich ein kleines Boot auf stürmischer See vorstellte, hin und her geworfen im willkürlichen Rhythmus der Träger, die sich mitten hindurch einen Weg bahnten, durch die Menge, die in alle Richtungen trieb und jeden in dasselbe Bad jäher Bewegungen mit hineinriss — man könnte glauben, dass derlei Mengen über ein autonomes Leben verfügen, eines, das man im Plural teilt, wenn man seinen Körper dem ununterscheidbaren Körper aller überlässt, von einer kollektiven Seele bewegt, einer tektonischen und brodelnden, wenn einem jeden klar wird, dass es nicht mehr bei ihm selbst liegt, ob er tiefer hinein oder weiter hinaus kommt, noch auch nur sein kleines bisschen Raum zu verteidigen oder zu atmen, sondern dass jetzt die Zeit gekommen ist, blind in die Welle zu gleiten und sich von ihr herumwirbeln zu lassen. Max auf der Trage spürte das, weder die Einsamkeit der Niederlage noch den diffusen Schmerz seiner Knochen, sondern den seltsamen Ätherrausch, aus dem er ihnen allen geradezu zulächelte, den Fotografen, Laura, und sogar Franck, dem grässlichen Franck, der Max' zerschlagene Visage mit den fatalistischen Blicken dessen bedenkt, der die Situation im Griff hat, jene Art von Blicken, aus denen Mitleid, guter Wille und vor allem Freundschaft seit langem desertiert sind. Und Laura ließ nicht locker, das wird schon wieder, Papa, das schaffst du, nachdem sie es aus der ersten Reihe mitbekommen hatte: Diese Sekunde des Innehaltens im Körper ihres Vaters, als wäre der Boden plötzlich unter seinen Füßen geborsten, und da ließ der andere einen Regen von Schlägen auf ihn niedergehen, Haken und Gerade auf Max, der mit dem Rücken in den Seilen hing und sein Gesicht fast ungeschützt darbot, weil er nicht mehr reagieren, kaum mehr die Hände zum Schutz vors Gesicht bringen konnte — es war, als ob ein Riss sich im Boden aufgetan hätte, etwas wie im Hochgebirge bei einer Gletscherwanderung.

Sie hatte ihn vor dem Kampf noch aufsuchen, ihm in der Umkleide viel Glück wünschen wollen — seine Hände waren schon weiß bandagiert, er trug den Bademantel mit seinem Namen, den er von früher noch hatte, er wärmte sich ein letztes Mal auf, bevor er in die Handschuhe schlüpfte, und hatte dafür gesorgt, dass er sie nicht sehen musste, hatte darum gebeten, dass niemand ihn störte, bevor er durch den langen Flur zum Licht hin ging, hinten dort die Seile wie die Takelage eines Schiffs, auf dem er sich jetzt für eine so lange Reise einschiffen würde.

Also hatte sie sich auf den für sie reservierten Platz gesetzt, in der ersten Reihe, in der Hitze des Saals, Franck Bellec neben ihr, auf der anderen Seite Quentin Le Bars höchstpersönlich, der gern die Dunkelheit genutzt hätte, um ihr die Hand aufs Bein zu legen, was er natürlich aber nicht tat, nicht vor den Fünfhundert, die schon gesehen hatten, wie sie einander begrüßten – und obwohl alle es wahrscheinlich normal fanden, dass diese beiden einander kannten und sich bei einem solchen Anlass begegneten, doch wenn es nach ihr gegangen wäre, nein, sie hätte nie darum gebeten, neben ihm platziert zu werden, nur hatte nicht sie den Sitzplan gemacht, sondern Franck, und Franck gehorchte dem Bürgermeister, und der Bürgermeister gehorchte seiner Lust.

Er saß schon da, Franck, und Laura auch, als Le Bars ankam, und Franck stand auf, um ihm die Hand zu geben, und er sagte mit einem breiten Lächeln: Wie geht's, Herr Minister? Da wandte Laura sehr schnell den Kopf Franck zu, auf dem Gesicht der Ausdruck einer Frage, die Franck natürlich erwartet hatte, und er sagte: Wie? Er hat es dir nicht erzählt? Und als er sich seinerseits setzte, flüsterte Le Bars Laura ins Ohr: Ja, es ist noch nicht offiziell, ich werde zum Minister ernannt.

Sie wusste nicht, was sie denken sollte, noch wollte sie begreifen, was das für sie ändern würde, allerdings fügte er, den Blick bereits auf den Ring gerichtet, wie eine Selbstverständlichkeit hinzu: Du kommst mich in Paris besuchen. Schon überdeckte die Stimme des Ansagers die seine mit der Ankündigung der beiden Boxer, die gleichzeitig unter den Seilen durchschlüpften und die zuversichtliche Menge begrüßten, beide Körper einander gegenüber, darauf brennend zu beginnen und schon im Kampf begriffen, während der

Schiedsrichter noch die rituellen Sprüche aufsagte, dass sie nach den Regeln kämpfen und auf den Schiedsrichter hören müssten, aber sie hörten schon nichts mehr, sie schauten einander an, verloren sich einer im Gesicht des anderen, um jeglichen Gedanken, der den Augenblick verlängern würde, zu verjagen, jeglichen Gedanken, der ihn, Max, von der einzigen Sache entfernen würde, die es jetzt zu tun galt, nämlich die von Echos erfüllte Höhle zum Schweigen zu bringen, zu der sein Gehirn geworden war, deren Wände jederzeit Störungsmeldungen senden konnten, während die direkteste Verbindung eigentlich die zwischen Gehirn und den Händen hätte sein müssen und es alles zu vergessen gälte, bis hin zum Grollen des Meeres und dem Lärm von den Rängen, seinem im Chor skandierten Namen, der auf seinen Trommelfellen hallte, und es war, als wischte ein allzu heißer Wind über sein Gesicht. Und die Glocke hatte noch nicht die erste Runde eingeläutet, da wusste er schon, wusste etwas in ihm, dass er verlieren würde. Da oben im Ring wie ein Vogel in seinem Nest tat er alles, um nicht ins Publikum zu schauen, alles, um nicht seine eigene Tochter zwischen seinen beiden Schindern sitzen zu sehen, diese drei, die miteinander der Katastrophe beiwohnen würden, seinem K.O. in der dritten Runde von zwölf geplanten.

Und Laura schrie, so laut sie konnte, forderte den Abbruch des Kampfes, als sie sah, dass er nicht lockerließ — nicht derjenige, der schlug, sondern Max selbst, der sich immer wieder aufrappelte, bevor der Schiedsrichter ihn fertig ausgezählt hatte, als hätte er nicht schon genug eingesteckt, wie er da zwischen den Seilen hing und sieben oder acht Schläge kassierte, unter denen sein Kopf von einer Seite zur anderen flog gleich einer überreifen Frucht, die man einfach weiter malträtiert, immer mehr Blut im Gesicht, er schien dort im blendenden Licht der Scheinwerfer den wirklichen Tod zu erwarten. Ganz kurz, sie würde sich dessen niemals sicher sein, aber sie meinte gesehen zu haben, wie er einen Blick in ihre Richtung warf und beinahe lächelte, ja, das meinte sie gesehen zu haben, wie er lächelte, während er sich weiter zerstören ließ, wo er doch nur hätte hinzufallen und alles loszulassen brauchen, aber es schien, als wollte er immer mehr und noch mehr. Und Le Bars neben ihr zögerte, er hätte gern ihre Hand genommen, hätte gern zu Laura »Beruhige dich«, gesagt, vielleicht hätte er sie sogar gern »Liebling« oder »Schatz« genannt, unvermittelt seiner offiziellen Funktion enthoben angesichts ihrer Tränen und der ganzen Verzweiflung, die ihren Körper durchlief, je länger Max immer noch mehr und mehr verlangte, als er schon dreimal gestürzt und dreimal wieder aufgestanden war, als wollte etwas in ihm genau das, sich schlagen und weiter schlagen lassen, noch drei weitere Runden mit demselben Ergebnis einkassieren — der in seinem Kopf schon vorgezeichneten Niederlage. Aber nur in seinem Kopf, ich will sagen: Der andere, der Gegner, wusste es nicht, konnte es nicht wissen und hielt folglich drauf mit aller Kraft. Mit einem rechten Haken schob er Max' Nasenbein so weit hoch wie nur möglich, bis ins Hirn, etwas, was den anderen unweigerlich zu Boden schickt, und kein Mensch weiß, wie lange er brauchen wird, um wieder aufzustehen, aber jedenfalls länger als die zehn von den Regeln vorgesehenen Sekunden, so dass es nicht einmal mit dem großzügigsten Schiedsrichter der Welt, dem parteiischsten Schiedsrichter, der die Sekunden aufs Doppelte auszudehnen bereit wäre, dass es nicht einmal mit so einem genügt hätte; der andere, der Gestürzte kann dann nicht mehr aufstehen. Den Blick im gewaltigen Wirbel des Saales verloren, das Stimmengetöse, eine betäubende Watte, erstickte ihn, als würde ihm jemand ein Kissen auf den Kopf drücken, und in diesem Moment schmolz alles auf einmal, er wusste nicht einmal mehr, wann der erste Riss oder Spalt oder Abgrund sich unter ihm aufgetan, ihn wie ein kalter Luftzug gestreift hatte, vielleicht schon in der Umkleide, und diese schwarze Magie auf seine Handschuhe geblasen hatte, so dass dann nicht nur sein matter Körper zu Boden stürzte, sondern eine komprimierte Version seiner ganzen Existenz, wie wenn unvermittelt der Glühfaden einer Lampe durchbrennt, die all ihre Kraft verbraucht hat.

Auf der Trage, neben der sie einherlief, sah Laura das alles nicht, nur den erledigten, tausendfach zerstörten Mann, der viel zu zerschlagen war, um selbst zu begreifen, welche Stelle seines Gesichtes oder seines Körpers so weh tat. Und obwohl der Feuerwehrmann ihm auf die Wangen schlug, damit er die Augen aufbehielt, spürte er, wie seine Lider immer schwerer wurden, Schuhe aus Blei, und zugleich löste sich etwas von ihm, das man Seele oder Geist nennt: Immer noch liegend, sah er sie auf einmal alle von oben, das Durcheinander der Schädel, das sich um ihn scharte, brausend wie ein Gewitter, die Lichter der Kameras immer noch als Blitze ringsum, und er stieg immer weiter und weiter hinauf, als wäre er Rauch und würde zur Decke hinauf fliegen, bis er den gesamten Saal umhüllte, diese merkwürdigen nicht enden wollenden Rufe, die vielleicht noch zögerten, des anderen Sieg zu bejubeln, der durch das noch warme Blut am Boden des Rings stolzierte, betäubt von diesem so einfachen und so unvorhersehbaren Sieg, jener Art von Sieg, den die Boxwelt nicht vergisst, da sie sich so gut an alles erinnert, was das bei den Kämpfen Übliche überragt, all diese Gelegenheiten mystifiziert sie gern, bei denen endlich mal etwas passiert, egal ob gut oder schlecht. Und während draußen Max auf eine andere Trage gehoben und in den Krankenwagen geschoben wurde, konnte er auf einmal, auch aus seiner liegenden Position heraus, etwas sehen, nämlich das auf einmal ironisch wirkende Plakat mit seinem Abbild, wie er aufrecht und entschlossen dasteht, vor der Stirnwand des Saals, aus dem man ihn gerade hinausgetragen hatte, darüber in fetten Lettern sein Name, und sein Blick von irgendeinem wilden Tier bewohnt, das ihm als Totem zu dienen schien, und so fixierte er das Objektiv mit seinem ganzen Gewicht, all seinen Muskeln, aller Kraft, die er zu verströmen gelernt hatte, sobald er einen Fotografen sah, und die sich hier, heute Abend, trotz der Hunderten Blitzlichter, die maschinengewehrgleich auf ihn niedergegangen waren, die sich in der Arena aufgelöst hatte. Und da, als bildete diese ganze zur Schau getragene Kraft einen übergroßen Kontrast zu seinem Zustand auf der Trage, als würde sein ganzes Leben in diesem Spalt verschwinden, da verlor er das Bewusstsein.

2

Einzig Laura erinnerte sich an die Fahrt zum Krankenhaus, an die nächtliche Stadt, deren Lichtflecken an den Milchglasscheiben vorüberzogen, überdeckt vom Lärm des Blaulichts, das aller Welt zu verkünden schien, dass es mit ihm, Max Le Corre, vorbei war, dem Box-Champion, den alle so viele Jahre lang bewundert hatten, in eben dieser Stadt, in der einer harten Ironie folgend der beschämende Kampf stattgefunden hatte, unter den Augen von Hunderten Bewunderern und Freunden, die auf ihn gewettet und vielleicht sogar, manche unter ihnen, Irrsinnssummen auf seinen Sieg gesetzt hatten. Als er die Augen in diesem vom langen Schlaf heimgesuchten Krankenhauszimmer öffnete, war Laura da, saß im Schatten der weißen Wand, die Helligkeit des Fensters fiel auf die Zeilen der Zeitung, in der sie gerade las. Und als Max, reglos, begriff, dass er wach war, fragte er nach der Uhrzeit, noch ohne zu wissen, dass die Uhrzeit jetzt überhaupt nicht die Frage war, sondern das Datum, denn es waren acht Tage vergangen.

Davon erzählte sie ihm aber erst später, von dieser langen Woche, in der er kein Auge geöffnet und kein Wort gesagt hatte, in künstlichen Schlaf versetzt, damit er sich von all diesen Schlägen erholen konnte, die seinen Körper und sein Gehirn heimtückisch erschüttert hatten, in dieser Art, fern der Welt — obwohl sie mit aller Kraft versucht hatte zu glauben, ein Teil von ihm sei noch bei Bewusstsein, ein Teil von ihm habe sie gehört, ohne antworten zu können, aber doch gehört. Und darum las sie ihm tagtäglich die Lokalzeitung vor, von vorne bis hinten, ohne so recht mitzubekommen, was sie da las, was sie laut artikulierte, Vermischtes oder die Börsenkurse, unterschiedslos alles, was in der Welt geschehen war, in der Stadt, und dabei ersparte sie ihm auch nicht die Berichte über sein Match, in der Hoffnung, die argwöhnischen, verdrossenen oder beleidigenden Kommentare der Journalisten könnten wie ein Elektroschock auf sein schlafendes Bewusstsein wirken, so dass er mit einem Ruck zu sich kommen und sogleich auf Revanche sinnen würde, denn sie wusste, dass er auch dazu imstande war, zur Wut, und indem sie seine verspottete Männlichkeit reizte, hoffte sie, ihn sich unvermittelt im Bett aufrichten zu sehen, bereit für ein baldiges Comeback. Denn es gibt kein Boxen ohne Wut, nicht wahr — nur war gerade sie in seinem Inneren geplatzt, ja, etwa in der Art eines Börsenkrachs, auf den nichts hindeutet und der dann rasend über den Handelsplatz New York oder London hereinbricht, und so war seine Wut an ihren tiefsten Tiefpunkt gelangt, es sei denn, sie hätte sich nur verlagert, doch das wusste sie noch nicht, nämlich dass der Gegner mit seinen so breiten Kinnbacken, seinem so eingeölten Körper, dass das nicht derjenige war, den es zu besiegen galt, denn fortan trug der Gegner einen schwarzen Anzug und jeden Tag eine andere Krawatte, diesen Gegner hatte er all die Monate lang in Reichweite seiner Fäuste gehabt und ihn stattdessen durch die Stadt kutschiert, ihm jeden Tag erneut den Kopf seiner Tochter auf einem Silbertablett serviert.

Und unter den Nachrichten, die Laura in dem weißen Zimmer laut vorgelesen hatte, war auch eine gewesen, bei der ihr Vater ebenso wenig aufgewacht war wie bei den anderen: dass nämlich Quentin Le Bars zum Minister ernannt worden war, dass er am Abend zuvor den Präsidenten persönlich getroffen hatte und jetzt erklärte, er sei stolz auf die ihm übertragene Verantwortung, nämlich die maritimen Angelegenheiten — Meeresminister also, worauf er so viele Monate hingearbeitet hatte, mit allem, was er an Unterstützung und Winkelzügen aufbringen konnte, um sich nach und nach als der *ad hoc* geeignetste Kandidat ins Spiel zu bringen.

Und als sie das vorlas, musste sie die Lektüre kurz unterbrechen, nicht aus Überraschung (sie wusste es ja schon), sondern weil sie ihn hier auf der Titelseite der Zeitung sah, die sie seit ihrer Kindheit kannte, und beim Anblick des die gesamte Seite einnehmenden Fotos mit dem Präsidenten der Republik ereignete sich etwas wie ein Auffahrunfall in ihrem Schädel, etwas vielleicht Unmögliches, nämlich dass sie sich an seinen nackten Körper erinnerte, unter ihr, und jetzt sah sie ihn in dem taillierten Anzug auf der Freitreppe des Élysée-Palasts, nein, das war etwas, das bekam sie einfach nicht zusammen.

Ich weiß nicht, was mir da durch den Kopf gegangen ist, erzählte sie weiter den Polizisten, vielleicht nur einfach das Bedürfnis, die Tatsache zu überdenken, dass mich vom Präsidenten nur ein kleiner Handschlag trennte und dass diese Hand dem Mann gehörte, der mich seit Wochen besuchte — jedenfalls, ja, sie ließ die Zeitung sinken, griff zum Telefon und tippte eine Nachricht ein, die sie sozusagen spontan an den frischgebackenen Minister schicken würde, unfähig zu ermessen, wie viel Ironie, Verbitterung und zugleich, ja, Ehrlichkeit darin lag, sie schrieb einfach nur: »Glückwunsch zur Ernennung. Laura.«

Und den beiden Polizisten, die ihr immer noch lauschten, war es zum x-ten Mal, als würden sie einen elektrischen Schlag erhalten, der eine verrutschte auf seinem Stuhl, der andere konnte sich nicht zurückhalten:

Sie haben ihm geschrieben? Dem Minister? Auf sein Mobiltelefon?

Sie nickte, immer noch selbst überrascht von dem, was sie da getan hatte, die beiden seufzten laut und sahen einander an, schienen mit ihrem Latein am Ende.

Wieso nicht?, fragte sie, sollte ich das etwa auch nicht mehr dürfen?

Es geht nicht um dürfen, antwortete der Polizist, aber so was ist für Sie nicht gerade günstig, das sind so Dinge, die gewisse Ohren gern aufschnappen.

Jäger und Sammler, sozusagen, ergänzte der andere Polizist.

Kann schon sein, sagte sie, aber ich würde da nicht sagen, Jäger und Sammler, sondern Mistwühler und Dreckschleudern.

Es tut Ihnen nicht gut, das so zu sagen, erwiderte er.

Ich bin nicht hier, um mir was Gutes zu tun, entgegnete sie.

Und die beiden Polizisten lächelten einander an, erkannten erneut ihre Entschiedenheit an, zugleich versuchten sie vielleicht, sich Le Bars' Miene in dem Moment vorzustellen, als er Lauras Nachricht las. Und das muss man sich wirklich mal vorstellen, Le Bars höchstpersönlich gegen elf Uhr vormittags an einem Mittwoch, während seiner ersten Kabinettssitzung, das Mobiltelefon auf dem langen Tisch, um den sie alle versammelt sind, und auf einmal leuchtet es auf, es erscheint der Name »Laura«. Das dürfte auf ihn gewirkt haben wie ein Wespenstich oder die Berührung einer Qualle, rasch bedeckte er mit der Hand, damit kein neben ihm sitzender anderer Minister es lesen konnte, nicht die Nachricht, sondern nur einfach den Vornamen, ein Sesam-öffne-dich zu einem intimen Universum, als würde Le Bars unvermittelt in den Abgrund blicken, der ihn von seiner jetzigen Gegenwart trennte, nein, schlimmer noch, er sah ihn als einen Schatten und sogar bereits als ein Schwert, das plötzlich über seinem Kopf schwebte, zugleich stellte er sich ihre Befriedigung vor, die diskrete und vorerst noch latente Art von Macht, die sie mit einem Mal über ihn hatte, es wirkte so stark auf ihn, dass er nicht mal mehr dem Präsidenten zuhörte, der gerade die neuen Namen in der Runde vorstellte, so gefangen war er im Netz seiner eigenen Überraschtheit, so unsicher, wie er sich verhalten sollte, antworten oder nicht, jeglichen Kontakt ablehnen, oder eher sie beschwichtigen, ja, sie mit tausenderlei Versprechungen beschwichtigen, von wegen er werde sie nicht vergessen und sie sei ihm wichtig, und er hoffe, sie könnten sich weiter sehen, alle möglichen Ideen konvergierten zu einer offenen und fast komplizenhaften Formulierung, die er bereits verstohlen eintippte, schon hatte er die Nachricht geschrieben und versandt, »Danke, Laura, hoffentlich bis bald«, und schon während er das schrieb, wusste er selber nicht, ob er auch nur ein Wörtchen davon glaubte.

Erst später, als er den Präsidentenpalast verließ und sich in einem schwärzeren und größeren Wagen als zuvor durch die Straßen von Paris fahren ließ, dachte er bei sich »Ach, was soll's, das ist nicht schlimm«, »Stimmt eigentlich, ich könnte die Kleine auch wiedersehen«, fast abstrakt dachte er an sie, impressionistisch jedenfalls, so schwebte sie durch seine Erinnerung, und auch das gehört wieder restlos ins Reich des Begehrens.

Sie saß immer noch am Krankenbett, sein Name erschien auf dem Bildschirm, darunter »Hoffentlich bis bald«, und sie versuchte nicht, den Grad an Überzeugung zu prüfen, mit dem er das geschrieben hatte, sondern war unvermittelt geradezu geschmeichelt, ja wirklich, sagte sie, ich kann es nicht anders sagen, an dem Tag bin ich mir wichtig vorgekommen.

3

Sie sah nicht sofort, dass er aufgewacht war, dabei hatte er die
Augen weit geöffnet, doch er regte sich nicht, den Kopf von
einer Halskrause gefangen, nur seine immer noch schwache
Stimme wiederholte besorgt: Der Wagen ist jetzt sauber, Sie
können ihm sagen, der Wagen ist sauber. Und Laura sprang
mit einem Satz auf, sie nahm seine Hand, sie sagte nur: Ja,
mach dir keine Sorgen, der Wagen ist sauber. Natürlich kam
der Arzt sofort, zunächst die Schwester, die ebenso schnell
den Arzt benachrichtigte, der Boxer in der 12 ist aufgewacht,
so hörte Laura es aus dem Flur, und der besagte Arzt trat
ins Zimmer, mit diesem etwas ungezwungenen Gesichtsausdruck aller Ärzte in allen Krankenhäusern, mit dem sie eine
Art plötzlicher Vertrautheit mit ihren Patienten vortäuschen,
an deren Namen sie sich im Augenblick davor nicht erinner-
ten, so in der Art von »Na, Monsieur Le Corre, geht's besser? Bereit, wieder in den Ring zu steigen?«, und er ging sogar
so weit, mit den Fäusten eine Boxer-Bewegung auszuführen,
was Max mit einem bemühten Lächeln quittierte. Und derselbe Arzt schob die Hände in die Taschen seines Kittels und
wandte sich Laura zu, nickte, dass sie ihm in den Flur folgen
sollte, wie alle Ärzte es machen, wenn sie außer Hörweite des
Patienten schlechte Nachrichten loswerden wollen, also verließ sie ihrerseits das Zimmer und hörte ihm zu.
   Ihr Vater ist sehr geschwächt, sagte er, er hat einige Ver-
letzungen im Gehirn davongetragen, hier — und er zeigte

Schaubilder von Max' Hirnaktivität. Es ist nicht sicher, dass er wieder ganz derselbe wird, auf jeden Fall haben ein paar Nerven schwer was abgekriegt.

Das droht Boxern, wie man weiß, ja immer, dass die vielen mit dem Kopf aufgefangenen Schläge sie stumpf oder debil werden lassen und im Alter zwischen ihnen und der Welt eine Art Milchglasscheibe auftaucht, durch die sie nichts mehr wahrnehmen als Schatten, nichts mehr als Gestalten und Massen, wie manche Tiere des Nachts.

Es ist wie bei den Imkern, erklärte der Arzt Laura. Sie lassen sich bei der Honigernte ein paar tausend Mal von den Bienen stechen, irgendwann spüren sie nichts mehr, sind derart an das Gift gewöhnt. Aber irgendwann braucht es nur einen einzigen Stich mehr, einen einzigen Stich zu viel, und sie fallen um. Mit den Boxern ist es dasselbe, jeden Tag kriegen sie ihre Dosis an Schlägen ab, scheinen sie ohne weitere Reaktion fast gleichgültig einzustecken, aber in Wirklichkeit ist es wie mit den Termiten, die von allen Seiten arbeiten, jeder einzelne Schlag bedeutet ein klein wenig Zerstörung, und eines Tages braucht es nur ein Schnipsen, einen Kinnhaken zu viel, und sie fallen um und stehen nie wieder auf.

Ich kenne meinen Vater, sagte sie, er wollte gar nicht mehr boxen, das wird ihm nicht fehlen.

Ich glaube, Sie verstehen noch nicht, Mademoiselle, er wird auch seine Arbeit im Rathaus nicht wieder aufnehmen können, er wird sich was anderes suchen müssen.

Und Max bekam dieses Gespräch vielleicht doch aus der Entfernung mit, vielleicht auch nur das Wort Arbeit, oder aber er hielt sich immer noch in einer Parallelwelt auf, in einer Art Halbschlaf, und er wiederholte: Der Wagen ist sauber, Herr Bürgermeister, ich schwöre es Ihnen, vollkommen sauber.

Und Laura kam wieder ins Zimmer, wo er zwischen den stillen Betttüchern lag — sie waren ein wenig starr, etwas abgenutzt auch, aber auf eine Weise war das ein sanfterer Panzer als die Wände seiner Wohnung, falls man denn sagen konnte, dass er noch eine Wohnung hatte, denn sie schien sehr weit von ihm weggerückt zu sein, jedenfalls bestand sie im Moment nicht aus Ziegelsteinen oder Mauerwerk, sondern aus einem verschlissenen Gewebe, das jederzeit reißen konnte, beim geringsten Windstoß, bei der geringsten, noch so leichten Berührung mit einer Klinge, nein, fuhr der Arzt fort, vorerst kommt es nicht in Frage, dass er wieder ein normales Leben aufnimmt. Nein, erklärte er Laura, dazu ist Ihr Vater nicht fähig. Ihr Vater, fügte er hinzu, wird dazu vielleicht nie wieder fähig sein.

Und da er jetzt davonging, setzte sie sich auf den Stuhl neben dem Bett, und sie sagte, Alles ist gut, Papa, du bist hier bald wieder raus, und dann machte sie den Fernseher an. Kurz spielte sie mit der Fernbedienung. Süßliche Vorabendserien. Dämliche Spiele. Nachrichten im Regionalfernsehen.

Und in diesem Moment sah sie ihn, Quentin Le Bars, den Meeresminister, wie er auf dem kleinen, an der Wand hängenden Bildschirm den Hof des Élysée-Palastes überquerte, eine Aktentasche unter dem Arm, wie alle Minister, die keine Kamera übersahen und jede Gelegenheit für ein Winken nutzten. Und für sie war es, als würde er sie persönlich grüßen, als würde er noch einmal sagen, »Hoffentlich bis bald«, und sie glaubte beinahe daran. Doch in dem Zimmer war noch jemand, der es auch sah, von seinem Bett aus: Er, Max, die Halskrause machte es ihm immer noch unmöglich, den Kopf zu bewegen, aber die Augen hatte er auf den Fernseher gerichtet, und mit einer schon klareren Stimme, für die er anscheinend all seine Kräfte aufbringen musste, fragt er Laura: Wirst du ihn wiedersehen?

Sie wandte den Kopf ihrem Vater zu, sie war nicht sicher, dass sie recht gehört hatte, es war, als wäre in dem Dreieck von seinem Bett zum Bildschirm und dann vom Bildschirm dorthin, wo sie saß, eine Revolverkugel geschossen, vom Bildschirm abgeprallt und im spitzen Winkel direkt auf sie zugeflogen und hätte sie frontal getroffen, irgendwo zwischen Trommelfell und Gehirn. Mit diesen vier Wörtern, »Wirst du ihn wiedersehen?«, entkräftet in einem Krankenhausbett liegend, war es ihm gelungen, alles zu sagen, was er wusste, alles, was er anscheinend schon immer gewusst und so lange in einem Tresor eingesperrt hatte, den er jetzt unvermittelt öffnete und den Inhalt auf einmal vor ihr ausbreitete, der zu explodieren drohte — weder Wut noch Zynismus, nur ganz einfach seine Art, es ihr zu sagen, unaufgeregt, ruhig und beherrscht, ohne einen Gedanken daran, dass er im Ring noch niemals in seinem Leben so hart zugeschlagen hatte. Und sie fragte sich jetzt, seit wann, ja, seit wann er wusste, seit wann er verstanden hatte, denn diese vier Wörter erklärten sämtliche Ereignisse der letzten Tage, bis hin zu jener Niederlage, die sie nur zu gut verstand.

Sie hätte so reagieren können, wie man es manchmal tut, wenn man glaubt, gut zu lügen, sie hätte sagen können: Ihn wiedersehen? Wen denn? Wen meinst du? Doch nein, das tat sie nicht. Dazu fehlten ihr die Mittel, sie saß zu tief in ihrem inneren Zylinder, versuchte nur, sich daran zu erinnern, dass sie sprechen konnte, war aber außerstande, auch nur irgendein Verb oder Substantiv zu Hilfe zu rufen, nicht mal dazu, ein »aber« oder ein »wie meinst du…« zu stammeln, aus dem schlichten Grund, dass selbst in ihrem Inneren, selbst dort, wo sie vor Sekunden noch Tausende Worte zur Verfügung hatte, jetzt auf einmal sämtliche Sprachen der Welt in einen bodenlosen Brunnen gestürzt waren. Und in dieser Art panischem Schweigen gab es nicht mal mehr die Gewissheit einer Antwort, ich will sagen, sie wusste sich auch selbst nicht zu antworten, will sagen, sie war außerstande zu denken »Das Arschloch, nein, natürlich nicht«, oder auch, »Was weiß ich? Vielleicht«, oder sogar »Ja, natürlich«, als hätte sie sich, vom Blick ihres Vaters abgewandt, wieder hinter der Unausweichlichkeit verschanzt, derjenigen einer jungen Frau, die nicht dazu geboren war, selbst Entscheidungen zu treffen, sondern sich seit langem von denen, die das konnten, herumschieben ließ — und zugleich war sie so hellsichtig, erfasste die Situation voll und ganz, war vielleicht sogar etwas erschrocken angesichts der Fruchtlosigkeit ihrer eigenen Intelligenz. Da war es doch einfacher, notwendiger auch zu denken, es sei, wie es sei, zu vergessen, was sie selbst lange als Falle betrachtet hatte, aus der sie sich nicht befreien konnte, und sich von nun an zu sagen, als Rechtfertigung vor einem inneren Gericht, so ist es eben, ist normal, er hat mir einen Gefallen getan und ich ihm, mehr nicht, nicht weiter dramatisch — und das war ihre Art, damit zurechtzukommen, auf einmal befriedet, weil sie das, was sie so brutal verbunden hatte, so prosaisch hatte werden lassen können, nein, nicht brutal, ein schlichter Handel, darauf bestand sie, ein Austausch von nützlichen Tätigkeiten, und wer soll schon etwas daran zu beanstanden haben, wenn ich als Währung meinen eigenen Körper einsetze?

All das sagte sie nicht zu ihrem Vater, weder das noch etwas anderes, sondern nur: Ich gehe dann mal, Papa, ich komme morgen wieder. Und ihr fiel ein, was der Arzt gesagt hatte, dass Max kein normales Leben würde führen können, weder eines im Ring noch jene Routine vieler Jahre hinter dem Steuer der städtischen Limousine, sondern sie stellte ihn sich vor, wie er allmählich in einem Pflegeheim vergehen würde, vorzeitig zur Untätigkeit verdammt, und wieder in schlaflosen Nächten im Alkohol unterging.

Und ja, sagte sie zu den Polizisten, da habe ich gedacht, eine Lösung gibt es vielleicht.

Eine Lösung?

Ja, ein letztes Arrangement.

Und in dem langen Flur, der sie aus dem Krankenhaus hinausführte, beging sie diesen Irrsinn, sie nahm ihr Telefon und sie schrieb an Le Bars: »Wann sehen wir uns?«

Ja, ich habe den Kontakt wieder aufgenommen, sagte sie, ich werde nie das Gegenteil behaupten, während sie sah, wie der eine Polizist weiterhin vom Bildschirm seines Computers aufgesogen wurde, sie immer seltener ansah, und der andere, immer noch stehend, fast seufzte, jedenfalls atmete er immer hörbarer, als wollte er seine Missbilligung deutlich machen.

Aber auf jemanden, von dem man abhängig war, wieder zuzugehen, sagte sie, das ist doch das kleine Einmaleins der Psychologie, oder?

Ich dachte, Sie hätten gar nicht Psychologie studiert?

Das muss mich ja nicht daran hindern, etwas davon zu verstehen, sagte sie.

4

Sie berichtete von diesem Besuch in Paris natürlich so, als habe es sich dabei um das kindliche Wegrennen gehandelt, das sie tausendmal geplant und nie verwirklicht hatte — ihre Tasche immer fertig gepackt hinter der Schlafzimmertür, jahrelang. Wie oft hatte sie überprüft, dass auch alles darin war, was sie brauchen würde, ihr Geld natürlich und dazu ein Wollpullover, Socken zum Wechseln, eine Taschenlampe, Kekse, neue Hefte und Stifte für ein Tagebuch, und allabendlich beim Einschlafen hakte sie innerlich die Liste all dessen ab, was sie in den nächsten Tagen zum Überleben brauchen würde, denn im Morgengrauen wäre sie schon weit weg, ihre Eltern ahnten nichts davon, hatten ihr aber den letzten Gutenachtkuss gegeben. Und wenn sie sich dann am nächsten Morgen selbst beim Frühstück sah, seltsam, so saß da an ihrer statt eine andere, die vergessen hatte, dass sie hatte weglaufen wollen, sogar noch die Existenz des Gepäckstücks vergessen hatte, das sie überheblich betrachtete, mit dieser morgendlichen Energie, die ihr auf die Schulter zu tätscheln und ihr zu sagen schien, »Armes, was bist du doch naiv«.

Und naiv war sie auch, nur noch umso viel mehr, als Le Bars eine Stunde später ihre Nachricht mit einem Vorschlag beantwortet hatte, in der Art wie »Morgen?«, und sie hatte folgsam zurückgeschrieben »Okay, morgen, ich buche gleich die Fahrkarte«.

Im Zug am nächsten Morgen Richtung Paris betrachtete sie das Auf und Ab der Stromleitungen entlang der Gleise, stellte sich bereits ihre Begegnung in der neuen Umgebung vor, und da hatte sie natürlich ihre Zweifel, musste sich ein wenig selbst betrügen, was sie selbst und das anging, was sie tun würde, wieder dachte sie, ja, ein simples Arrangement, ein letzter Deal, fertig, und ihr war danach, ihre Geschichte den Sitznachbarn zu erzählen, ihnen zu sagen, ja, ich fahre nach Paris, ich werde die Nacht mit Quentin Le Bars verbringen, ja, dem frischgebackenen Minister, aber unsere Geschichte ist kompliziert, und plötzlich war sie überzeugt, der gesamte Wagen würde über ihren Fall nachdenken und flüstern, »Ja, das ist die Geliebte von Le Bars, ich erkenne sie wieder«, so, wie man manchmal meint, nicht ein Gott würde einen beobachten, sondern stattdessen das konzentrierte Hintergrundgeräusch von fünf Milliarden Menschen, die einen anschauen — ja natürlich, das ist absurd, aber so ist es, und es half auch nichts zu versuchen, nicht zu denken, was sie dachte, sie versuchte sich einzureden, sie fahre vor allem ihrem Vater zuliebe hin, damit er etwas für ihren Vater tat, dieser Gedanke kam immer wieder hoch. Und nein, es gelingt uns manchmal ganz entschieden nicht, den schwarzen Knoten zu entwirren, der uns zu gewissen Handlungen treibt.

Sie hatte selbst das Hotelzimmer reserviert, im Internet etwas nicht zu Teures und zugleich hinreichend Gediegenes gesucht, wo sie ihn empfangen konnte, hatte sich für ein Zweisterne-Hotel in der Banlieue entschieden, möglichst nicht allzu weit vom Zentrum entfernt, aber doch so diskret, dass er sich nicht unwohl fühlte. Sie gab in der Rezeption ihren Namen an und hätte gern präzisiert, Le Corre, ja, wie der Boxer, unterließ es dann aber. Ein Doppelzimmer, mein Mann ist schon in Paris, er kommt etwas später.

Denn auch das hatten sie so vereinbart, sie würde ihn dort erwarten, er konnte einfach hochgehen, ohne an der Rezeption Bescheid zu sagen, höchstens im Vorbeigehen hinüberrufen, Ich bin in Zimmer 28, die Nummer hatte sie ihm per SMS mitgeteilt, »Zimmer 28, die Tür ist offen«. Also ging sie hinauf und wartete auf ihn. Aus dem Fenster sah sie in der Ferne die Hochhäuser und die Ringautobahn, verloren in einer Banlieue, die sie nicht kannte, der einzige Rückhalt ihr Telefon, wie eine Art Kompass, der andere hatte geschrieben »Bin gegen 19 Uhr da«.

Er kam mit dem Taxi, wahrscheinlich war er schon sehr lange nicht mehr so weit an den Stadtrand von Paris gefahren, mit anderen Worten, müsste man hinzufügen, schon lange nicht mehr nach seinen eigenen Begriffen so tief in der Gesellschaft hinabgestiegen. Als das Taxi ihn vor dem Hotel absetzte, fühlte er sich dennoch ein wenig gedemütigt, dass er sich so weit über die Ringautobahn hatte hinaus wagen müssen, diesmal ohne persönlichen Referenten oder Bodyguard, sondern wie ein einfacher Vorstadtbewohner, der von der Arbeit heimkommt, ja, gedemütigt vielleicht auch, weil sein Begehren ihn so im Griff hatte, fast als Sklaven der Erinnerung an ihren, Lauras Körper, Sklave all der Male, die er in der Erinnerung sah, wie er auf ihren Bauch spritzte oder in ihren Mund, und sich vielleicht fragte, was er diesmal wählen würde, ungefähr wie bei einem Restaurantbesuch angesichts der Speisekarte, ja, solcherlei geile Gedanken erfüllten ihn gewiss, während sie sich noch schnell die Wimpern tuschte, um sie zu verlängern, im Kopf rhythmisch wiederholt das Wort »Minister«, unfähig, Le Bars zu denken, unfähig zu vergessen, dass sie einen veritablen Minister erwartete, dass dieses neue Zimmer in dieser neuen Stadt nicht das Geringste mehr mit ihren ersten Begegnungen zu tun hatte und er ihr selbstverständlich helfen würde, natürlich genügte ein Anruf oder vielleicht zwei, schon hätte Max einen anderen Job im Rathaus, diesmal konnte er sie nicht vertrösten, sie war gern bereit, seine Versprechungen bezüglich einer Wohnung zu vergessen, aber für ihren Vater, ja, für den würde er was tun können. Außerdem, Minister hin, Minister her, er war schließlich kein Unmensch, dachte sie.

Obwohl, sagte sie zu den Polizisten, das wäre noch zu beweisen, denn als er hereinkam, erkannte ich an der Art, wie er die Tür hinter sich zudrückte, sofort, dass er mit nichts anderem durch diese Tür kam als mit seiner Lust, höchstens noch seine Überheblichkeit würde sich in den Sessel am Fußende des Bettes niederlassen, dieselbe Überheblichkeit, mit der man etwas mitleidig einen Betrunkenen auf der Straße bedenkt, ich würde zusehen, wie er sich auf das Bett legte, seine Krawatte lockerte und mich dabei kaum ansah, immerhin höflich bleiben wollte und sagte: Wie geht's? Schön, dich zu sehen. Und während er sich halbnackt auf dem Bett niederließ, den Gürtel schon gelöst, fügte er noch hinzu: Viel Zeit hab ich nicht.

Ja, da war mir alles gleich klar, sagte sie, ich meine nicht, was passieren würde, das wusste ich schon, aber all diese falschen Hoffnungen, die ich mir gemacht hatte, die Idee, es könnte, wie soll ich sagen, freundschaftlich sein.

Freundschaftlich?

Ja, freundschaftlich. Hatte ich geglaubt. Verrückt, oder? Aber nein, nichts dergleichen, ich habe mich einfach unter seinen Blicken ausgezogen und habe getan, was ich zu tun hatte.

Und Ihren Vater haben Sie nicht erwähnt?

Nein, nicht gleich. Aber als es ein paar Minuten später vorbei war, als er sich die Hose wieder hochziehen wollte, ich weiß noch sehr gut, da habe ich gesagt: Quentin …

Und sie versuchte sich zu erinnern, wie oft sie es gewagt hatte, ihn beim Vornamen anzusprechen – einmal, vielleicht zweimal, was ihn überraschte, sogar beleidigte, dass sie ihn in die Vertrautheit eines Vornamens zurückbeförderte, noch dazu in seiner neuen Position, wo doch seine Lust gestillt und abgeschaltet war und die schiere Tatsache, sich in diesem schäbigen Hotel zu befinden, ihm fast Übelkeit bereitete.

Ich wollte Sie um was bitten, brachte sie endlich heraus, wegen meinem Vater …

Ach ja, dein Vater, wie geht es dem?

Ich hab gedacht, ob Sie ihm vielleicht helfen könnten, im Rathaus schauen, ob sich da vielleicht was für ihn finden lässt …

Und jetzt betrachtete er sie mit jenem falschen Mitleid ganz hart an der Grenze zur Verachtung, er dachte, die hat nichts begriffen, sie erkennt nicht, dass die Würfel seit langem gefallen sind, es war nichts anderes, als zu denken »Du erwartest doch nicht im Ernst, dass ich mich für den armen Kerl ins Zeug lege, der sich nicht selber helfen konnte?«, und damit meinte er nicht nur den verlorenen Boxkampf, sondern den ganzen Hang zur Niederlage und zur Ohnmacht, dessen Beute Max ihm zu sein schien, dabei fürchtete er diese Art Psychologie wie die Pest.

Und da sie einander in diesem Stadium schneller verstanden, als die Sätze ausgesprochen waren, unterbrach er sie sofort, er sagte:

So was kann ich mir nicht mehr leisten … ich …

Vielleicht einfach nur ein Anruf, sagte sie.

Das würde auf mich zurückfallen, nein, das geht nicht.

Und offenbar hatte ihre Bitte seinen Aufbruch beschleunigt, denn er war aufgestanden, sobald das Gespräch diese ernste Richtung genommen hatte, und jetzt steckte er sich zugleich das Hemd in die Hose, zog den Gürtel ein Loch enger und entschuldigte sich, während er schon nach seiner Jacke griff, dass er so schnell gehen müsse. Er zwang sich noch, sie auf die Stirn zu küssen, und wollte dann wohl für etwas bessere Stimmung sorgen, indem er lächelte: Entschuldige, aber mein Terminkalender sieht wirklich fast aus wie der von einem Minister! Und sie schaute ihm nach.

Sie hätten vielleicht besser vorher mit ihm geredet, warf der Polizist ein.

Wie vorher?

Und was hätte er, der Polizist sagen sollen? Vor dem Sex? Vor dem Akt? Sie darauf hinweisen, dass sie ihn, Le Bars, darum hätte bitten sollen, als er noch unerlösten Druck hatte? Doch nein, das hätte nichts geändert, es hätte nur dazu geführt, dass er ein bisschen mehr log, um zu bekommen, was er wollte, er hätte gesagt: Ja natürlich, automatisch geradezu, so, wie er ihr auch einen zusammengefalteten 50-Euro-Schein in die Hintertasche ihrer Hose hätte stecken können — nur dass er an diesem Tag vielleicht dachte, sie müsste ihn bezahlen, jedenfalls kam ihr das so vor, als sie selbst das Zimmer verließ, lange nach seinem Aufbruch, und als sie den Schlüssel an der Rezeption abgeben wollte, den Abschiedsgruß bereits auf den Lippen, sagte der Angestellte zu ihr: Mademoiselle, da wäre noch die Zimmerrechnung offen.

Ja, sagte sie zu den Polizisten, das hat er auch noch fertig gebracht, der Arsch, er hat mich das Zimmer bezahlen lassen.

5

Ja, all das wirkte wie ein Funken unter ihrer Schädeldecke
im Zug auf der Rückfahrt, vierhundert Kilometer, der Geschmack seines Spermas im Mund ließ sich von keinem Kaffee aus dem Bordbistro vertreiben — so ein Geschmack, den
das Gehirn tagelang reproduzieren kann, allein, um sich ge-
nüsslich im eigenen Fehler zu suhlen, vielleicht auch, um
den Zorn lebendig zu halten. Eigentlich gerade gut. Eigentlich ein Glück, dass der Körper sich erinnert und Gift! schreit,
bis man ins Zugklo kotzen muss.

Nachdem sie an diesem Tag zu Hause, aus Paris angekommen, die Stufe auf den Bahnsteig hinuntergestiegen war
und die Bahnhofshalle bis zum Vorplatz durchquert hatte,
ging sie instinktiv zum Meeresufer, die Altstadt hinter ihr
ging sie nichts an, ebenso wenig wie die alten Takelagen,
die vor einem großen Hafenbecken wie Phantome wirken
und als Mumien in das Verzeichnis des Liegenschaftsamtes
einziehen könnten. Ein hoher grauer Himmel, fast perlgrau,
weitgehend reglos — nicht die Spur eines Schauers noch ein
Windhauch, so ein perlmuttschimmernder, an Watte erin-
nernder Himmel, der das Meer dunkler, kaum mehr glän-
zend erscheinen lässt, undurchsichtig, wie es manchmal
wirkt, wenn es ölglatt ist. Sie ging zum Strand hinunter und
lief absichtlich sehr schnell, mit Tritten tief in den Sand, um
stärker zu atmen und von all dem Sauerstoff leicht schwind-
lig zu werden, dabei gab es hinter ihren dunstig verhangenen

Augen nichts als die schlecht kaschierte Erinnerung an die schlaflose Nacht, mit Müdigkeit gepaarte Wut, die sie lange vor der Morgendämmerung gepackt hatte, mit anderen Worten, lange, bevor sie dieses Hotelzimmer verließ, in dem er, so hatte sie festgestellt, exakt neunzehn Minuten verbracht hatte, bevor er sie mit der typischen neutralen Bemerkung dessen verlassen hatte, der sich seiner Sache völlig sicher ist, und ungefähr zu ihr sagte: Gib ruhig Bescheid, wenn du mal wieder in Paris bist, und dabei band er sich die Schnürsenkel und griff nach seinem Portemonnaie auf der Kommode, um dann mit dem trockenen Geräusch der sich schließenden Tür zu verschwinden. Ich weiß nicht, was sie in diesem Moment gesagt oder gedacht hat, aber ich stelle mir ihre Fassungslosigkeit vor, als sie sah, wie schnell er sich wieder anzog, und sie hatte so viel Aufwand getrieben, um hier sein zu können, die Kosten der Fahrkarte und die nervösen, jetzt vergeudeten Stunden der Fahrt durch die vorüberziehenden Ebenen Westfrankreichs, dazu diese Wut, die mit jedem Kilometer wuchs. Ja, eigentlich gerade gut.

Eigentlich gerade gut, dass gewisse Tage in unserem Leben wie ein Höhenkamm sind, hinter dem man den Halt zu verlieren droht, darunter schlägt das Meer an den Felsspitzen empor, und auch, dass man gewisse Tage, ja, behutsam umrunden muss, wie eine gefährliche Landspitze mit dem Segelboot. Sie, Laura, hatte schon einige hinter sich gebracht, einige solcher Landspitzen — ich würde nicht sagen, bei klarem Bewusstsein und mit ganzer Vorsicht, aber doch mit wachsamem Auge wie am höchsten Ausguck eines Mastes, den sie aus der Höhe ihrer Jugend aufzurichten versuchte und den sie sogar auch Stück um Stück erklomm, um die Meeresweite ringsum zu überblicken — nur dass sich bis zu einem bestimmten Alter ein schwer zu durchteilender Nebel hält, so einer, der die Sicht auf die Zukunft behindert und nicht nur auf die Zukunft, sondern auch auf die Vergangenheit, ja, bis zum Schatten dessen, was man erlebt hat, und dann darf man weder auf die Erinnerung noch auf die Erfahrung zählen, um die eigene Gestalt ins Morgen zu bringen, und weil man bis zu einem gewissen Alter seltsamerweise diesen Nebel erträgt, erträgt man es auch, nicht weiter zu suchen, man begnügt sich mit dem eingeschränkten Gesichtskreis, oder besser, man weiß noch gar nicht, dass da auch eine Welt ohne Nebel ist. Doch dann, unvermittelt, dank welcher obskuren Vorahnung auch immer, spürt man deutlich, dass es auch einen anderen Wetterbericht geben muss, einen anderen Himmel, jedenfalls erhebt man Anspruch darauf, und indem man das tut, beginnt man auch die Luft mit Stichwaffen zu zerschneiden. Als sie sich also hinreichend leer fühlte, alle mühsamen Schritte über den Strand hinter sich gebracht, als sie sich vielleicht übers Meer hinweg die Seele aus dem Leib geschrien hatte, machte sie kehrt, ging wieder zur Straße hinauf und durch das Stadttor in die Altstadt bis zum Kommissariat. Ohne zu zögern, ging sie durch die Tür und durchquerte die Eingangshalle, und als sie sich vor dem Empfangstresen aufbaute, hinter dem der Diensthabende sie bereits anblickte, sagte sie: Ich komme, um Anzeige zu erstatten.

6

Später versuchte sie es so zu erklären, dass eine Riesenhand in ihrem Rücken sie geschoben habe, eine Welle, höher als die anderen, habe sie beim Arm genommen und höher hochgehoben als gedacht — eine Welle, aus der dieses Mal keine hohnlachende Nymphe auftauchte, sondern Nemesis höchstpersönlich, gekommen, um ihr gewissermaßen Luftkraft zu verleihen, dank derer es ihr so vorkam, als hätte jemand sie hierher versetzt, vor den Tresen eines Kommissariats. Und ganz gewiss kam es ihm, dem Diensthabenden, sehr seltsam vor, als er den Namen Le Bars hörte, auf seine routinierte Frage hin: Anzeige erstatten, ja, gegen wen bitte?

Und im vollen Bewusstsein der Wirkung, die das haben würde, sagte sie: Le Bars. Und da lichtete oder vergrößerte sich der Blick des Polizisten, und einen Augenblick lang sah sie, wie er plötzlich in seinen eigenen Körper einzog, als habe bislang nur eine Art Bauchredner aus ihm gesprochen, diese Stimme wie vom Tonband, die wir alle für derlei Situationen parat haben, aber wenn auf einmal etwas passiert, wenn auf einmal die Leitung, die uns daran erinnert, dass wir lebendig sind, in die Steckdose gesteckt wird, dann verändert sich alles und erbebt, und sie sah, wie er nach den prompt geäußerten Worten: Einen Augenblick bitte! durch die Tür des verglasten Büros hinter ihm schlüpfte und dort mit jenem sprach, der ganz offensichtlich sein Vorgesetzter war, seinerseits hinter dem Schreibtisch saß und schnell durch die Scheibe zu ihr hin blickte — sie konnte das Gespräch nicht hören, versuchte aber, die Lippen zu lesen, und beobachtete, wie beider Gesichter sich immer mehr zusammenzogen, als hätten beide unmittelbar begriffen, dass, ja, dass der Himmel ihnen komplett auf den Kopf gefallen war. Dann kam der Polizist vom Empfang zu ihr und forderte sie auf, um den Tresen herumzukommen, dorthinein in das verglaste Büro, er schloss die Tür hinter ihr und hängte ein Schild daran, »Laufende Anhörung«. Der andere, immer noch sitzend, bedeutete Laura, Platz zu nehmen, saß ihr gegenüber vor dem Bildschirm seines Computers, die Tastatur schon unter den Fingern, die er regte, um sie geschmeidig zu machen, wie ein Chirurg sich das Besteck zur Operation bereitlegt — jedenfalls erlebte sie es so, dass sie mit einem Bett in einen OP gerollt wurde und gerade noch Skalpell und Klemmen hatte sehen können, bereit, in den Narkoseschlaf zu versinken. Nur dass die Narkose diesmal eher eine Hypnosesitzung war, in der sie ihre Geschichte zu schildern begann, ein langer Halbschlaf, in dem sie sich vorkam, als wäre sie nichts anderes mehr als eine Gehäutete auf einem alten anatomischen Schaubild und würde von ihren Lippen von einem Knäuel den langen Faden ihres Berichtes abwickeln, den sie aus wer weiß was für einem organischen Dschungel hervorziehen musste, der ihr als Körper diente — das genaue Gegenteil der Beherrschtheit, die sie all diese langen Wochen über an den Tag gelegt hatte, während derer sie die Sätze in ihrem Inneren gehalten, sie so lange in diesem unartikulierten Larvenstadium bewahrt und ihnen jeglichen Zugang zum Licht der Sprache verwehrt hatte. Und jetzt war es, als wäre ihre Geschichte nicht wirklich ihre eigene, im Grunde war sie sogar dafür hierhergekommen, um ihre Geschichte in der dritten Person zu erzählen, als stünde sie selbst neben dem Chirurgen, als assistierte sie wie eine OP-Schwester der Beschreibung der Fakten, die sie allein nicht würde strafrechtlich einschätzen können, sie, die weder von Vergewaltigung noch von Zuhälterei sprach, schon gar nicht von missbräuchlichem Handel mit Einfluss oder missbräuchlicher Ausnutzung, sondern lediglich chronologisch die verschlungene und zunehmende Ausdehnung seiner Macht über sie beschrieb.

Aber Macht, sagte sie, ist kein Verbrechen, oder?

Kommt darauf an, sagte der Polizist, das ist nicht auszuschließen, während er jetzt zusah, wie die Blätter aus dem Drucker kamen, und sie dann aufforderte, ihre Aussage noch einmal zu lesen – und sie schien aus der langen Anamnese zu erwachen, zum ersten Mal wurde ihr klar, dass sie den ganzen Weg bis zum heutigen Tag in Sätze gefasst hatte, sie zuckte regelrecht zusammen und sagte:

Noch einmal lesen? Warum denn?

Das ist Vorschrift, Mademoiselle, Sie müssen die Aussage noch einmal lesen, bevor Sie sie unterschreiben, und er hielt ihr den Ausdruck hin. Und bei der Lektüre spürte sie noch stärker als zuvor, dass das »Ich«, das ihre Geschichte bevölkerte, sich in ein »Sie« verwandelt hatte, fast unmöglich, diese beiden nunmehr voneinander getrennten Instanzen wieder zueinander zu bringen, so dass sie wie auf eine Fremde auf diese junge Frau namens Laura blickte, die mit ihrem Ehrenwort versicherte, dass die im Folgenden geschilderten Angaben der Wahrheit entsprachen. Als sie das unterzeichnete Schriftstück dem Polizisten zurückgab, musste sie doch fragen: Glauben Sie, dass er verurteilt wird?

Dafür müsste er erst einmal vor Gericht gestellt werden. Zunächst wird ermittelt.

Ja, aber am Ende, ließ sie nicht locker, da wird er verurteilt?

Das ist eine heikle Frage. Ich bin kein Richter.

Und während er sie zur Tür begleitete, fügte er hinzu: Ich würde Ihnen raten, sich einen Anwalt zu nehmen.

Und das war ganz sicher mit der beste Rat, den er ihr geben konnte, ihre Gestalt war kaum durch die Automatiktüren des Kommissariats verschwunden, da gab es drinnen eine Art Gefechtsvorbereitung, will sagen, der Polizist, der eines um das andere die Blätter mit den Wörtern »Geschlechtsteil« und »Fellatio« und »einvernehmlich« aus dem Drucker hatte kommen sehen, den sah man jetzt schnurstracks durch die kahlen Flure des alten Gebäudes zum Büro des Staatsanwalts eilen, in der Hand die fraglichen Blätter, die sich in eine Granate verwandelten, als wäre der ganze Bericht auf eine jetzt weißglühende Metallplatte graviert, die noch den widerwärtigen verbrannten Geruch ausströmte, und die beste Möglichkeit, sie schnell loszuwerden, bestand darin, die frisch ausgedruckte Aussage dem Staatsanwalt vor die Nase zu legen.

Und das tat er, der Polizist, er betrat das Büro des Staatsanwalts und legte mit ernstem Gesichtsausdruck die drei Seiten vor ihm hin, so dass der andere sogleich begriff, nicht was passiert war, doch dass etwas passiert war und er das hier unverzüglich lesen musste. Und der Polizist stand da, kerzengerade, und verfolgte, wie die Augen des Staatsanwalts über die Zeilen glitten, als würde er einen Roman lesen und der andere würde reglos, immer noch stehend, auf ein Urteil warten wie das eines Verlegers zu einem Manuskript. Und in der Tat, er bekam es, sein Urteil, indem der Staatsanwalt sagte: Was ist denn das für eine Scheiße?, in diesem schroffen, etwas beklommenen Ton dessen, der jetzt schon weiß, dass er Ärger bekommen wird, fast ließ er anklingen, dass der Polizist seinen Job nicht korrekt erledigt habe, dass man doch nicht einfach so jede mögliche Anzeige annehmen könne, dass er ihn sofort hätte mit einbeziehen müssen, und dass er, der Staatsanwalt, diese junge Frau mit Vergnügen empfangen hätte, um sie zur Vernunft zu bringen — nicht, dass er sich im engeren Sinne auf der anderen Seite des Gesetzes befände, aber er sei doch einer, der das Arrangement dem Skandal vorziehe, solange die paar Leute, für die er die Verantwortung zu haben meinte, zusammenhielten, ja, das ist die Art Begriff, die er möglicherweise verwendet hätte, »Mir geht es einfach darum, dass alle zusammenhalten«, und dass man in diesem Sinne in Fragen der Gerechtigkeit stets die Kosten gegen den Nutzen abwägen müsse, denn es gebe ja immer das Risiko, allzu viele eingeführte Gewohnheiten in die Luft gehen zu lassen — in die Luft gehen lassen, genau das, denn schon war es nicht mehr nur eine einfache Granate, die er da vor Augen zu haben glaubte, sondern eine kleine Bombe, wie im Comic, eine schwarze Kugel mit einer langen Lunte, und er spürte schon, wie sie abbrannte.

Er sagte zu dem Polizisten, er solle ihn allein lassen, er werde die Situation überdenken, eine sehr heikle Situation, vor die sich ein Staatsanwalt nur zweimal oder dreimal während eines ganzen Berufslebens gestellt sieht, im Moment wisse er noch nicht, welche Richtung der Wind hier nehmen werde, ob er die Sache einfach kassieren oder eine Ermittlung in Gang setzen sollte, ihm ist klar, fortan wird er für immer »derjenige welcher« sein, also der, auf dessen Stirn für immer stehen wird, dass er der Sache die entscheidende Wende gegeben hat, etwas in der Art von »Sie wissen doch noch, die Le-Bars-Affäre, ja, er war das, derjenige welcher …« – und während er sich die Schweißtropfen abwischte, die ihm auf die Stirn traten, dachte er vielleicht, an dem Tag, an dem er so stolz seinen Amtseid abgelegt hatte, hätte er auch daran denken müssen, an die heikle Rechtsfindung je nach Fall, mit der er es zu tun haben würde, während er zugleich im Inneren sämtliche Tatbestände Revue passieren ließ, zu denen Lauras Bericht ihn inspirierte, »sexuelle Belästigung« oder »Missbräuchliche Ausnutzung« oder »Missbräuchlicher Handel mit Einfluss« und sogar »Zuhälterei«, während er sich zugleich sagte, dass er keinesfalls vergessen dürfte, jenes Blatt, auf das er all das schreiben würde, hinterher in ganz kleine Stückchen zu zerreißen und in den Papierkorb zu werfen, wobei er weiterhin das Begriffsregister nach denjenigen Tatbeständen durchsuchte, die am wenigsten schwer wogen, nicht für den Angeklagten, sondern für ihn, bei welcher Formulierung seine Stellung und Ansehen am wenigsten in Gefahr wären, er dachte nach, stand auf, schritt über das knarrende Parkett seines alten Büros, setzte sich schließlich wieder hin und befand, unter all diesen Delikten gebe es wohl eines, bei dem die öffentliche Meinung am ehesten Nachsicht üben werde, aus Ignoranz oder Faulheit, denn es war das Verschwommenste, das Abstrakteste, das Schwammigste und zugleich das Offenste, so dass, bitte schön, dieser Staatsanwalt am nächsten Morgen Ermittlungen wegen eines Anfangsverdachts des »Missbräuchlichen Handels mit Einfluss« auf den Weg brachte.

7

Es ist eine bekannte Tatsache, dass in den Sphären der Macht die Panik sich verstärkt, je näher man dem Gipfel kommt, wegen jener Neigung hoher Würdenträger zu glauben, dass, wenn sie wegen etwas belangt werden, das Heil der ganzen Menschheit daran hänge, abgesehen davon, dass nichts sie mehr kränkt, als von der Banalität der Welt eingeholt zu werden, über die sie sich eine Weile so völlig erhaben geglaubt hatten. Und genauso hatte es auf ihn gewirkt, auf Le Bars, als der Staatsanwalt persönlich ihn anrief, mit Sätzen wie »Tut mir furchtbar leid, Sie wegen so was zu stören« und »Die Sorte von jungen Frauen kennt man ja«, aber »Wir sind ganz sicher, das ruckelt sich zurecht«.

Gut, sagte Le Bars, jedenfalls nett, dass Sie mich vorwarnen.

Beim Auflegen war er kurz von sich selbst angeekelt, nicht aus plötzlichem Schuldgefühl, sondern wegen seiner mangelnden strategischen Voraussicht, das kränkte den seit seiner Kindheit bestehenden Ehrgeiz, sich der Tragweite des eigenen Handelns besser bewusst zu sein, und jetzt war er auf einmal so allein in diesem Büro, das noch größer war als das vorige, gerade hatte er im Katalog die neuen Vorhänge ausgesucht, da stellte er sich plötzlich vor, dass er dieses Büro genauso schnell wieder verlassen und in seine viel zu kleine Stadt zurückkehren müsste, er schlug gewaltig mit der Faust auf seinen Schreibtisch und beherrschte sich gerade noch, nicht »diese Schlampe« und »verdammte Scheiße« zu brüllen. Aber Le Bars fing sich rasch wieder, er beruhigte sich und dachte nach. Und in den darauf folgenden Stunden gingen unzählige Anrufe in alle Richtungen, ein Wirrwarr unsichtbarer Drähte, die sich sehr schnell zwischen verschiedenen Dienststellen kreuzten, dem Ministerium und dem Allgemeinen Nachrichtendienst, dem Allgemeinen Nachrichtendienst und der Staatsanwaltschaft, der Staatsanwaltschaft und dem Ministerium, als hätte die kleine Bombe, die Laura im Kommissariat platziert hatte, sich in telegrafische Wellen verwandelt, ohne dass weder der Polizist noch der Staatsanwalt noch der sogleich alarmierte Chef des Nachrichtendienstes, ohne dass irgendwer realisierte, dass bei jedem angenommenen Telefonat, bei jedem in Umlauf gebrachten Satz, jeder auf seiner Ebene die Lunte dazu brachte, ein Stück weiter abzubrennen. Allerdings hatte auch niemand den geringsten Zweifel, was jetzt bevorstand, nämlich dass eben diese Lunte, da der Funken dem Pulver immer näher kam, demnächst zwangsläufig zur Explosion führen würde, mit anderen Worten, dass die Affäre an die Öffentlichkeit gelangte, durch irgendwelche diffusen Undichtigkeiten zwischen Justiz und Presse, in irgendwelchen Kneipen nahe den Gerichtsgebäuden, letztlich verwandelt sich das Echo solcher Anzeigen immer in Druckerschwärze in der Zeitung.

Und diese Anzeige hier gehorchte ebenso der Regel: Drei Tage später erfuhr ganz Frankreich von einer gewissen Laura, die ein amtierender Minister missbraucht hatte, eine finstere Geschichte um eine Wohnung, konnte man lesen, im Austausch für gewisse Gefälligkeiten. Erneut gab es eine rasche Kampfvorbereitung, diesmal in den Büros des Ministeriums, wo ganz in Grau gewandete altgediente Funktionäre Le Bars rieten, die Angelegenheit wieder in die Hand zu nehmen, oder nein, sie rieten es ihm nicht, sie erteilten ihm vielmehr Order, sich unverzüglich öffentlich zu erklären, damit die Gerüchte ihn nicht ruinierten, sie trieben ihn dazu, sich ganz ungeniert in den Zeitungen, in Funk und Fernsehen zu äußern, sich vor allem nicht in Schweigen zu hüllen, das würde nur gegen ihn spielen. Und darum war Le Bars nicht verlegen, er kontaktierte schnellstens die landesweiten Rundfunkstationen, um dort wohlvorbereitete kleine Reden zu halten, als Bürgermeister einer kleinen Stadt, würde er sagen, ist man seinen Wählern so nah, oft kennt man sie persönlich, und natürlich ist man dadurch exponiert, und bisweilen wird man zum Gegenstand ihrer Wut. Um hinzuzufügen, dass die Justiz solche Geschichten hinlänglich kennen würde: Schließlich sei sie dazu da, die Spreu vom Weizen zu trennen.

Und die Journalisten fragten nach: Sie leugnen also nicht, Laura Le Corre persönlich getroffen zu haben?

Er zögerte kurz, machte eine kleine Pause, die im Radio leicht wirkt wie eine Stunde.

Ich bin nicht verpflichtet, öffentlich zu erklären, was mich mit Mademoiselle Le Corre verbindet.

Aber kennen Sie sie oder nicht?

In der Tat sind wir uns mehrmals begegnet. Und ich muss sagen, ich bin umso stärker enttäuscht, um nicht zu sagen, vor den Kopf gestoßen, als ich für sie nur respektvolle und freundschaftliche Gefühle hege.

Und das hörte sie, Laura, am Radio sitzend, respektvolle und freundschaftliche Gefühle. Allein in ihrem Zimmer, fiel ihr keine Entgegnung ein, sie dachte nur etwas in der Art von

»Für wen hält der sich«, ohne zu erkennen, wie sehr sie selbst dadurch die Dinge verkürzte, und noch viel weniger ahnte sie, dass derselbe Le Bars, kaum aus dem Studio hinaus, das ihn eingeladen hatte, schon bei der nächsten Etappe war, einer Etappe, wo all ihre gegen den grauen Himmelsausschnitt des Dachschrägenfensters gerichtete Empörung bald von etwas vertrieben wurde, das man schon als Verblüffung und sogar Bestürzung bezeichnen musste, denn Le Bars hatte tief im schwarzen Leder seiner Ministerlimousine sitzend noch ganz andere Pläne mit ihr, schon wählte er die Nummer seines alten Freundes Bellec.

Gut, dass ich Sie erreiche, Franck.

Und weil Franck in Le Bars' Augen der Mann der Stunde war, wie ein unsichtbarer Dirigent im Orchestergraben, wo er sämtliche Sinfonien dirigieren konnte, ohne dass auch nur ein Zuschauer im großen Welttheater die kleinste Bewegung mitbekam, sagte er weiter:

Ich fürchte, wir haben da jetzt keine andere Wahl mehr.

Nein, ganz sicher nicht, sagte Franck, jedenfalls, wenn Sie es immer noch für richtig halten.

Für Skrupel ist es jetzt zu spät, brachte Le Bars vor.

Und sie blieben beide noch eine Weile bei Sätzen wie »Man muss das Eisen schmieden, solange es heiß ist« oder auch »Wir haben ein Zeitfenster von zwei oder drei Tagen für den Gegenschlag«, man hätte aus diesem Gespräch allein gar nicht ermitteln können, was sie im Kopf hatten. Dafür hätte man ihnen seit Anfang dieser Geschichte unauffällig auf den Fersen bleiben müssen, hätte in Bellecs Büro Wanzen anbringen und sich aus dem Gehörten die dreifach über Bande gedachten Ideen erschließen müssen, auf die sie sich seit langem verständigt hatten, als würden sie eine ausgiebige Partie Billard spielen, wenn mittels der roten Kugel die gelbe angestoßen wird, wodurch diese am Ende die weiße berührt, wobei die weiße natürlich Laura war.

In Ordnung, ich kümmere mich darum, sagte Bellec.

Wir hören voneinander, sagte Le Bars.

Sie legten auf. Franck hinter seinem dicken Schreibtisch zog die oberste Schublade auf, und als ob er einen Revolver entsichern würde, nahm er ein altes Männermagazin hervor und legte es flach auf die lackierte Fläche vor sich, dann blätterte er bis in die Mitte des Heftes, wo Laura Le Corre nackt posierte, so lasziv, wie man es mit sechzehn Jahren im Blitzlicht des Fotografen eben kann. Und während er mit der Hand über Lauras glänzende Gestalt strich, dachte er, ja, sie hatten sehr recht daran getan, sie vor der Schulpforte anzusprechen. Ebenso schnell nahm er das Telefon, verlangte den Chefredakteur der Regionalzeitung und bot ihm an, ihm mit Boten ein wichtiges Dokument zu schicken.

Gar kein Zweifel, dass Franck in diesem Moment auch einen Gedanken an Max verschwendete, einen schuldbewussten Gedanken, als er dem gerade eingetretenen Boten das Magazin übergab, der Mann trug noch seinen Motorradhelm, um keine Zeit zu verlieren, schon bereit, wieder auf seinen Motorroller zu steigen und in die Redaktion des *Ouest-France* zu fahren. In demselben großen Büro, in dem Franck jetzt seufzte, thronten noch die Handschuhe des Frankreich-Meisters in der Vitrine, an den Wänden die Fotos, wo sie einander die Arme um die Schultern legten und in die Linse lächelten, er im selben weißen Anzug, der jetzt nach zehn Jahren eine oder zwei Größen zugelegt hatte, Max mit bloßem Oberkörper nach soeben errungenem Sieg. Darum empfand Franck im Moment des Verrats einen gewissen Skrupel. Doch wie es so schön heißt, erst kommt das Fressen, dann die Moral, und so war es bei gewissen Männern zwischen den Skrupeln und der Moral ein weiter Weg. Bei Leuten wie Bellec scheint es sogar, als würde der geringste Skrupel keineswegs moralische Bedenken nach sich ziehen, im Gegenteil, als würde der kleinste reuevolle Gedanke sofort erlauben, sich selbst von allem Bösen freizusprechen. Max hin, Max her, am nächsten Morgen prangten auf der Titelseite des *Ouest-France* zwar nicht Laura als Pin-Up, aber dafür fette, marktschreierische Lettern: »Le-Bars-Affäre: Nacktfotos mit sechzehn«.

8

Aber inwiefern soll mir das schaden?, meinte sie zu dem Anwalt, den sie aufgesucht hatte. Selbst wenn ich daran gedacht hätte, selbst wenn ich gewusst hätte, dass diese alte
Geschichte hochkommt wie die Kleidungsstücke einer Was-
serleiche, was denken Sie? Dass ich auf die Anzeige verzichtet hätte?

Aber Sie hätten mich warnen können!, schimpfte der Anwalt entnervt mit einem verdrossenem Blick auf das Titel-
blatt des *Ouest-France*, ich hatte doch gesagt, Sie sollen mir
alles erzählen!

Ja, klar, aber das hatte ich vergessen, kann doch vorkommen, dass man bestimmte Dinge vergisst, oder?

Ja, das kann vorkommen. Bestimmte Dinge, äffte er sie
ironisch nach. Kennen Sie die Theorie des perfekten Opfers?

Nein, antwortete sie.

Ganz einfach, das genaue Gegenteil von Ihnen. Verstehen
Sie, sagte er weiter, was wir bräuchten, wäre, dass Sie bei den
Vorfällen richtig schlimm Federn gelassen hätten, Ihre Jung-
fräulichkeit verloren hätten sogar, wenn möglich, das, ja, das
wäre ein perfektes Opfer. Sie also nicht.

Und insgeheim dachte er »Nein, wirklich nicht«, sondern fragte sich vielmehr, warum er bloß immer solche hoff-
nungslosen Fälle abbekam, mit lauter Kinken, wegen derer er
nur verlieren konnte, angefangen bei solchen Fotos hier, die
er schon in den Akten der Verteidigung sah, oder nicht mal

das, denn eine Verteidigung würde es nicht mal brauchen, denn angesichts solcher Klöpse, sagte er, würde der Staatsanwalt die Ermittlungen sicher einstellen.

Das einzige, was helfen würde, fügte er hinzu, wäre der Beweis, dass das bei Bellec ein ganzes System ist. Wissen tut das ja sowieso schon alle Welt, oder?

Ja, das weiß alle Welt, sagte Laura. Aber seltsam, irgendwie scheint das nicht über die Schwelle des Casinos zu gelangen, ich meine, das Casino ist wie eine Taucherglocke, nichts dringt hinaus.

Die anderen Frauen müssten aussagen, sagte der Anwalt.

Träumen Sie mal schön weiter, sagte Laura.

Aber er versuchte genau das: Er nahm zu einer nach der anderen Kontakt auf, zu den Frauen des Casinos, aber eine nach der anderen sagte nein, das heißt, eine nach der anderen sagte, den Bürgermeister hätten sie noch niemals hier gesehen, es sei doch eher eine verrückte Vorstellung, ein Bürgermeister, der zwischen den Spieltischen seines Amtes waltet, ihre Sätze wirkten wie programmiert darauf, dasselbe zu sagen, dasselbe zu verschweigen, was niemanden täuschte, aber zu machen war nichts: Sogar die Tatsache, dass ihre Formulierungen genau übereinstimmten, dass sie einmütig sagten, sie seien sehr überrascht, in der Zeit, wo sie dort arbeiteten, sei so etwas nie vorgefallen, das könnten sie beschwören, nichts, was sich als Beweis vor Gericht hätte verwenden lassen können — so gut präpariert waren sie, dass sie sogar ein bisschen etwas einräumten, natürlich komme es mal vor, dass sie sich zu einem Gast setzten und auch ein Glas Champagner annähmen, im Lauf all der Jahre könne es auch schon mal sein, dass ein Gast Avancen mache, aber das war alles, niemals mehr. Bei der dritten, die im selben Tonfall »niemals mehr« sagte, war ihm, dem Anwalt, klar, dass er es vergessen konnte, dass er es mit einer hervorragend geölten Maschinerie zu tun hatte, die es nicht mal nötig hatte, sich zu verstecken: Als hätten Bellec und Konsorten keine Angst, offen zu agieren, weil sie die Spielregeln hinreichend kannten und wussten, dass sowieso nichts zu machen war, dass alle Überzeugung, alle Offensichtlichkeit, dass die Frauen so mechanisch logen, nichts gegen die Realität des Gesetzes vermochte. Und auch er selbst, wiederum der Anwalt, erfahren genug, um sich nicht an den hohen Verteidigungsmauern totzukämpfen, die Franck Bellec vor ihm errichtet hatte und dank derer die Frauen, die für ihn arbeiteten, Schweigen und Verweigerung bewahren konnten.

Die Sache ist gelaufen, sagte er.

Ich kann nicht sehen, was das ändern soll, sagte Laura.

Das ändert, dass ohne Zeugen und mit diesen Nacktfotos die öffentliche Meinung nicht auf Ihrer Seite sein wird.

So dumm können die Leute nicht sein, sagte sie.

Nein, so dumm vielleicht nicht, aber es gibt eben alte Reflexe.

Und einerseits hatte er recht, denn wenn er, Le Bars, ganz sicher als Schweinehund dastand, würde sie unvermeidlich als Nutte dastehen, und indem man es so nannte, würde man dazu noch die Kräfte der Natur in die Waagschale werfen, die Last der nie zu stillenden männlichen Lust und die List, mit der die Frauen das auszunutzen verstanden. Jedenfalls würde er vor Gericht solchen Meinungen begegnen müssen — Meinungen, die nie laut ausgesprochen würden, sagte der Anwalt. Abgesehen davon würde Le Bars nun gleich noch mal zuschlagen.

Aha? Wie denn zuschlagen?, fragte Laura.

Und der Anwalt schob ihr den um hundertachtzig Grad gedrehten Artikel des *Ouest-France* über den Tisch, in dem man nicht nur von ihrem Halbweltleben erfuhr, sondern auch von Quentin Le Bars' bevorstehendem Besuch in seiner Heimatstadt, er hatte die Einweihung der neuen Schiffsbrücken des Yachthafens als Vorwand entdeckt, um sich öffentlich zu zeigen, und bei der Gelegenheit würde er der lokalen Presse ein langes Interview geben, entschlossen, seine Sicht der Dinge zu erläutern, hieß es weiter im *Ouest-France*. Denn von höchster Stelle hatte man ihm auch das geraten, sich öffentlich zu zeigen und Gerüchte zu entkräften, er hatte ja selbst begriffen, dass Gerede nur durch eigenes Gerede überdeckt werden konnte, nur mit Lärm hat man eine Chance, Lärm zu übertönen. Und außerdem, so dachte er gewiss, schadet es nie, sich einen Rückweg offen zu halten, ich meine: Alles in allem war er vielleicht nur ein kleiner, rasch wieder vergessener Minister, der bald schon aufgefordert würde, seine Funktion in der Stadt wieder zu übernehmen, so dass er für den Rest seines Lebens darauf stolz sein könnte, mal Minister gewesen zu sein, oder schlimmer, dass er das Gefühl haben müsste, sein Zenit liege hinter ihm, er wäre etwas nahe gekommen, das er nie wieder würde berühren dürfen, eine Art Heiliger Gral im Anzug, den erreicht zu haben sich ein paar hundert Leute im Lande rühmen durften, aber aus all diesen Gründen war es eben besser, seiner Herkunft verbunden zu bleiben. Und um also das Eisen zu schmieden, solange es heiß war, hatte er schleunigst diesen Besuch geplant und die Lokalpresse mobilisiert.

9

In den Fluren der Klinik, in der Max sich weiter erholte, tat man seit dem frühen Morgen alles dafür, dass ihm die Tageszeitung nicht in die Hände fiel – das gesamte Personal hatte sie natürlich gelesen und besprach sich flüsternd darüber. Die Schwestern hatten sich gemeinsam vorgenommen, ein Drama zu verhindern, sie kassierten die wenigen Exemplare, die hier und dort in Krankenzimmern und Aufenthaltsräumen herumlagen, ließen Max nicht aus den Augen, wenn er im blühenden Park auf und ab ging, seine schweigsame Gestalt unter den Blüten der Kirschbäume. Man hatte sogar beraten, ob man nicht die Dosis der Beruhigungsmittel etwas heraufsetzen sollte, um ihn noch ein wenig weiter von der Wirklichkeit zu entfernen, zugleich lief ihm immer jemand voraus, um die Zeitung zu verstecken, aber es gibt ja diese Dinge, zu denen man heute fest entschlossen ist, morgen schon sehr viel weniger, schon gar wenn es um eine Tageszeitung geht, bei der jeder meint, das Exemplar von gestern habe seine toxische Wirkung längst eingebüßt. Eine kleine Unachtsamkeit genügte, ein einziges Exemplar, das noch am nächsten Tag irgendwo auf einem Beistelltisch lag, niemand hätte sagen können, ob es einfach übersehen worden war oder böser Wille dahinter stand – jemand, der gern zugesehen hätte, wie Max das las, »Le-Bars-Affäre: Nacktfotos mit sechzehn«, diesen Titel, der noch am Morgen danach hinreichend magnetisch, hinreichend radioaktiv war, dass noch in seinem halb vernebelten Gehirn jedes in so großen Lettern gedruckte Wort wie ein eiskalter Dolch auf seine Schädelwände einfuhr.

Max ließ sich in den nächsten Sessel fallen, je deutlicher die ganze Affäre sich vor seinen Blicken ausbreitete, je mehr er die Anspielungen des Redakteurs bezüglich Lauras Lebenswandel las, prügelte das immer noch etwas mehr auf den Rand seines Gehirns ein, wie wenn ein Kupferschmied auf sein Tablett einhämmert, und da verformten sich seine Schädelwände noch ein wenig mehr, weiteten sich etwas zu sehr und ließen einen Luftzug hinein, stark genug, dass Türen knallten. Als er dann am wiederum nächsten Morgen aus seinem Zimmer verschwunden war, war jedem schnell klar, wie das zusammenhing.

Dabei wusste niemand, wann genau er entwichen war. Und niemand stellte die Verbindung zu Le Bars' Besuch in der Stadt her. Man weiß nur, dass im Saum seines Kissens eine Wochenration seiner Arznei gefunden wurde. Und für die Ärzte fügte sich ein Bild: Diese Mittel, die ihn hätten beruhigen sollen, hatte er in aller Ruhe nicht mehr eingenommen, hatte vor der Krankenschwester so getan, als würde er sie schlucken, als würde er ein großes Glas Wasser nachtrinken, in Wahrheit hatte er sie sich unter die Zunge geklemmt, intakt, kaum vom Speichel benetzt, und, sobald die Krankenschwester ihm den Rücken zudrehte, wieder ausgespuckt und im Kissenbezug verstaut — eine ganze Woche lang hatte er wunschgemäß Ruhe geheuchelt, so getan, als würde er morgens wunschgemäß lange schlafen, dabei war er nervös und schlaflos, als wäre das der Preis der Hellsicht, wenn man hier unter Hellsicht diesen unerbittlichen, schwarzen Blick verstehen will, den man manchmal auf die Oberfläche der

Welt wirft, diesen erschreckenden Zorn, von dem erfüllt man aus dem Kellerfenster der eigenen Nacht auf dem Bürgersteig die mechanischen Schritte der Passanten erblickt.

Niemand wusste also, wann genau er das Fenster geöffnet hatte und über das Fensterbrett auf den Rasen gestiegen war, rasch über den Zaun, der den Park von der Straße trennte, um in die Stadt zu gehen, wo er im Morgengrauen durch die ihm so vertrauten Straßen irrte. Aber an diesem Morgen war eben diese Stadt für ihn nichts anderes mehr als ein zusammengewürfelter Haufen Steine und Luftzug, Sand und Wasser, das am Ufer rauschte, an dem Strand, wo er noch ein paar Stunden schlief, erschöpft von seinem allzu langen Herumstreifen entlang der Wände der Nacht, vielleicht sogar an den müden Tresen der Bar und den Granitfassaden, an die man sich anlehnen kann, wenn der Körper nach der Schließstunde nicht mehr will. Eine Weile also war er nichts mehr als ein Schatten in der Gesellschaft der Straßenlaternen, und wer ihm da begegnet wäre, wo er auf dem Sand lag, hätte kaum glauben können, dass das derselbe Mann war, der noch vor zwei Wochen die Boxringe der Region beherrscht hatte.

Nur ist es ja so, auch wenn man vor sich selbst flieht, bleibt da doch etwas wie ein Leuchtturmwärter, der beobachtet, wie die Wasserspritzer an den Fensterscheiben zerbersten. Auch in Max wohnte das noch, ein leuchtender Wächter, der ihm den Weg wies, als er gegen elf Uhr oder Mittag aufwachte und seine Schritte wie ein Automat zum Eingang des Casinos lenkte — nicht mehr zu dem kleinen Diensteingang beim Parkplatz, sondern dem anderen, der großen Tür, die über den wenigen Stufen emporragte, er stieg sie hinauf, ging jetzt die Mitteltreppe hoch, die dort, im ersten Stock, rechts zu der lackierten Türe von Franck Bellecs Büro führte.

Er klopfte nicht an vor dem Eintreten, drückte nur den Türgriff hinunter und schob, mit dieser natürlichen Kraft, gegen die keine Müdigkeit etwas ausrichten konnte. All das wurde Franck sofort bewusst, als er ihn sah, er wich auf seinem Schreibtischstuhl mit den Rollen zurück, zugleich bewegte sich seine Hand zu einer nahen Schublade, wo er diesmal nicht nach einer Zeitschrift greifen wollte, sondern wie jeder Direktor jedes Casinos auf der Welt hatte er eine kleine Pistole, die er dort verwahrte, falls mal ein verzweifelter Spieler hier eindringen sollte, einer, dessen Wut mit einer auf ihn gerichteten Waffe gedämpft werden müsste. Aber angesichts des so deutlich geschlagenen Max, der da auf der Schwelle aufgetaucht war, des reglosen, wutlosen Max, nahm Franck die Waffe nicht hervor. Ihm war klar, Max würde ihm nichts tun, Max schaute ihn nur kurz an, schon bewegten sich seine Augen durch den Raum:

Ich komme meine Handschuhe holen.

Und mit einem Blick auf sie dort unter der Beleuchtung des Regals ließ Franck ihn gewähren, Max ging hin, er selbst stotterte nur, immer noch eine Hand am Griff der Schublade:

Natürlich, ich verstehe, sie gehören dir.

Und Max öffnete die Vitrine, nahm die Handschuhe von dem Sockel, der sie aufrecht hielt, untersuchte ihren Zustand, die wenigen Risse, die ihr Alter bezeugten, und knotete sie wortlos zusammen, bedachte Bellec nur mit einem stumpfen Blick, schon ging er wieder. Nicht ausgeschlossen, dass Franck, der ihm nachsah, klar war, was geschehen würde, aber er ließ diesen Gedanken vorbeiziehen, ohne den mindesten Impuls, Max zurückzuhalten, als hätte er in sich, in dieser neuen Passivität, die vielleicht sogar ihn selbst überraschte, eine Art von innerem Frieden entdeckt. Jedenfalls hinderte niemand Max daran, dieselbe Mitteltreppe wieder hinunterzugehen, am Ende seines Armes schaukelten die zusammengeschnürten Handschuhe. Niemand, auch nicht Hélène, die ihn aus dem Schatten ihres Tresens gesehen hatte und die ihn nicht daran hinderte, hochzugehen und ihren Bruder in seinem Büro zu überraschen. Als er in der Gegenrichtung wieder zurückkam, versuchte sie vielleicht, ihn anzusprechen, aber, sollte sie später sagen, er sah mich nicht. Als Max also ebenso schnell wieder draußen stand und seine Gestalt sich von hinten noch grafischer als sonst vor dem Meer abzeichnete, fiel ihr nichts anderes ein, als Laura anzurufen und zu sagen, pass auf, dein Vater, der ist dabei, irgendeine Dummheit anzustellen — und dabei könnte man auch heute noch lange darüber diskutieren, ob das, was er vorhatte, das wie auf einem Schriftband hinter einem Flugzeug über die Stadt flog, wirklich eine Dummheit war.

10

Und er mochte zutiefst verstört sein, aber einen Sinn fürs Timing hatte er sich doch bewahrt, denn in genau dem Moment, als er aus dem Casino wieder ins Freie trat, stieg Quentin Le Bars aus dem TGV, der ihn aus Paris hergebracht hatte, am Ende des Bahnsteigs wie an einem Festtag von einem Gewimmel von Journalisten empfangen, die ihn bereits umlagerten und ihm ins *Neptun* folgten. Denn dorthin hatte er geladen, der große Saal des *Neptun* war zu diesem Anlass für ihn reserviert, eigens, damit er vor ihnen seine große Freude bekunden konnte, hier zu sein — und schon entschuldigte er sich dafür, dass die Umstände ihn zwangen, ganz kurz auf diese bedauerliche Sache zurückzukommen, die ihn bis in sein Innerstes treffe, ja, sagte er mit einem markanten Seufzen, in mein Innerstes, und eine Stunde lang türmte er einen Effekt auf den anderen, entrollte seine Gutmütigkeit wie ein langes Pergament unter den auf ihn einprasselnden Fragen, die wirkten wie von ihm selbst geschrieben, so sehr dienten sie ihm mehr oder weniger alle als Räuberleiter, dank derer er sein Publikum rühren konnte: Er habe einen schwachen Moment gehabt, das leugne er nicht, und sich von dieser jungen Frau bezirzen lassen, die ihn angesprochen habe, eindringlich und anmutig, doch was alles andere anbelangt, werde ich nicht dulden, dass irgendwer behauptet, usw., usw.

Außerdem, fügte er vor seinem Publikum im *Neptun* hinzu, gab es überhaupt irgendein Dokument, das eine

Intervention seinerseits bezüglich einer Wohnung bewies? Und tatsächlich, nein, sollte Laura dann entdecken, er hatte nie den kleinsten offiziellen Schritt getan, ihr zu helfen – es gab nicht mal ein an das städtische Wohnungsamt gerichtetes Zettelchen. Ich habe solche Extrawürste noch nie leiden können, sagte er noch, solche Tricksereien. Und jeden Satz äußerte er sehr langsam, sehr würdig, um sicherzugehen, dass die Formulierung es wortwörtlich in die Zeitung schaffte, getragen von dieser erschreckenden, umwerfenden Kraft, mit der manche Männer lügen, ohne mit der Wimper zu zucken. Und als einer der Journalisten, der etwas hartnäckiger war als die anderen, ihn fragte, wie er es sich erkläre, dass Laura Le Corre angefangen hatte, für Franck Bellec zu arbeiten, zeigte Le Bars sich unerschütterlich, will sagen, der Umstand, dass Franck nur wenige Meter neben ihm stand, Franck, der sich immer noch als ausführende Gewalt des Ministers begriff, hinderte ihn nicht an der Bemerkung:

Wissen Sie, als Bürgermeister muss man eben mit den Leuten vor Ort auskommen, das bedeutet noch lange nicht, dass man ihre Handlungen immer gutheißt.

Und mit einer einzigen Bewegung wandte der gesamte Saal den Kopf Bellec zu, suchte auf seinem Gesicht den Abdruck der Ohrfeige, die er gerade erhalten hatte, der ganze Saal außer ihm, Le Bars, der seelenruhig auf die nächste Frage wartete. Und als derselbe Journalist nachhakte: Wollen Sie damit andeuten, dass manche Handlungen von Monsieur Bellec vielleicht nicht vollkommen legal sind?, gab es in dem Saal nicht mehr nur diesen einmütigen, besorgten Blick auf Bellec, sondern jenes mehrstimmige Hintergrundgeräusch, das sehr langsam durch dichtgedrängte Menschenmengen wandert, ein erstauntes Gemurmel, das sich erhebt wie eine gregorianische Floskel im Kirchenschiff einer Kathedrale, und das jetzt von der feierlichen Stimme des Ministers knapp abgeschnitten wurde:

Ich erinnere Sie daran, ich bin Minister für maritime Angelegenheiten, antwortete Le Bars, kein Vertreter der Sittenpolizei.

Vielleicht dachte er ja, sein Freund Bellec durchschaute die Situation, sie seien eingespielt genug, meinte er, um zu wissen, dass solche öffentlich ausgeteilten Hiebe nicht zählten, als theatralische und notwendigerweise gespielte Version ihrer öffentlich nicht zuzugebenden Komplizenschaft. Hätte er sich aber den kleinen Moment Zeit genommen, Francks Blick wahrzunehmen, so hätte er nicht unverdrossen den Faden seiner Rede wieder aufgenommen und die Anwesenden gebeten, sich in einer Stunde im Yachthafen einzufinden, er hätte feststellen können, dass Franck Bellec die Situation nicht so sah, nein, entschieden nicht.

Er beendete also die Fragestunde und stieg von der kleinen, für ihn improvisierten Bühne, ihm dicht auf den Fersen die Kohorte der Journalisten wie Hochzeitsgäste beim Verlassen der Kirche, beinahe war man darauf gefasst, dass der eine oder andere ihm Reis ins Gesicht werfen würde. Doch der Bräutigam ging schneller weg als samstags nach der Kirche, schlüpfte in den bereitstehenden Wagen, kein weißes Kleid neben ihm, nur sein früherer Stellvertreter, jetzt selbst Bürgermeister, der den neuen Chauffeur anwies, sie zum Yachthafen zu bringen — den neuen Chauffeur, ja, denn natürlich war es nicht mehr Max Le Corre, der sie fuhr. Es war nicht Max Le Corre, der Le Bars im Rückspiegel betrachtete und nach seinem Lächeln oder seinem Einverständnis spähte. An demselben Platz auf derselben ledernen

Rückbank sitzend, musste Le Bars natürlich an Max denken, er spürte seinen Atem auf dem Weg durch die umbaute Stadt, als der Wagen an den Stadtbefestigungen entlangfuhr und er vielleicht hier und da an den Wänden, an einem Laternenmast die Reste der Plakate von dem großen verlorenen Kampf bemerkte, die Gestalten von Regen und Wind zerfetzt, Max' finsterer Blick oben noch erkennbar, verwaschen und verzerrt auf dem durchweichten Papier.

Wer aber hätte sich jetzt die Zeit genommen festzustellen, in welchem Ausmaß das Bild immer noch dem Modell entsprach, wie sehr all diese verwitterten Schweißtücher in ihren Rissen selbst ein so persönliches Porträt des tatsächlichen Max trugen? Er irrte zu dieser Stunde noch durch die Straßen der Stadt, auf dem Gesicht dieselben Verwerfungen wie auf den zerfallenden Plakaten, die Handschuhe des Frankreich-Meisters am Gürtel baumelten im Rhythmus seiner Schritte, die ihn, man mochte glauben ziellos, durch die langen gepflasterten Gassen trugen, mit den Armen vollführte er merkwürdige Bewegungen, boxte in die leere Luft, die nicht zurückschlug, nur die Passanten drehten sich bisweilen um, um diesem Sonderling lächelnd kurz nachzublicken, diesem harmlosen Spinner, der niemandem etwas zuleide tat, so, wie man früher angemessen nachsichtig einem nachgeschaut hätte, der aus dem Narrenhaus entwichen war. Max aber sah niemanden. Seine einzigen Gegner waren jetzt unsichtbare Insekten, die ihn umkreisten, als wäre sein ganzes Denken nur noch eine Wolke kleiner Mücken, die ihn bei jedem Schritt begleiteten, von der Wärme seines Gesichts angezogen, die nah über seiner Haut wirbelten, ohne sich von irgendeiner Bewegung seiner Arme vertreiben zu lassen, weder von einer geballten Faust noch von einem linken Haken, das unendliche, bewegte und riskante Aufgebot all dieser Gedankenmücken war unbeirrbar, sie bedrängten ihn, obwohl, eher verhöhnten sie ihn, ohne sich wirklich auf ihm niederzulassen, bis man wirklich fürchtete, das könne passieren.

Nein, es sei wirklich zu hoffen, dass er nicht in so einem Stadium bleibe, hatte der Arzt mehrfach zu Laura gesagt, während sie ihn auf den Wegen des Klinikparks verfolgten, wie er stumm und aufgewühlt an dem Eisengitter entlangstrich, beide rechneten schon resigniert damit, dass er nie wieder zu Sinnen kommen würde. Man muss sagen, das war nichts, was von einer Stunde auf die andere geschehen war, erst war es schweigend angewachsen und angeschwollen, wie wenn eine Plastikbeschichtung sich allmählich von der Unterlage löst, und dann eines Tages, als würde Helium oder dergleichen ihn zum Himmel streben lassen, schwebt er durch die Luft — ja, genau, etwas, das man nicht benennen kann, flog auf und entfernte sich, drehte über ihm Kreise und verschwand dann in Wirbeln und Arabesken. Manchmal, fuhr der Arzt fort, ist das Gehirn wie ein Drachen am Herbsthimmel, der einen bei den Füßen anhebt und irgendwo aufhängt, den Kopf hoch in der Luft.

Sich an all das zu erinnern sollte Laura genügend Zeit haben, als sie an diesem Tag auf dem Beifahrersitz eines Wagens die Stadtteile durchstreifte, am Steuer die abgedankte Königin der Nacht, die sie benachrichtigt hatte — und beide waren sie der Meinung, dass man etwas unternehmen, dass man Max finden musste, bevor es zu spät war, und jetzt fuhren sie die Viertel so langsam ab wie eine Polizeipatrouille, beide für sämtliche Hypothesen offen, vor allem für die wahrscheinlichste: Wer Max auftreiben wollte, suchte am besten einen anderen, nämlich Le Bars.

11

Bei Einweihungen, bei Vernissagen, bei offiziellen Zeremonien, die von den Bürgermeistern heruntergebetet werden wie der Rosenkranz, weiß niemand so recht, was ihn hierher gebracht hat, aber jeder hat einen guten Grund, dabei zu sein. Hier, auf den alten gemauerten Kais, schräg über dem Hafenbassin, in dem die brandneuen Schiffsbrücken schaukelten, harrte schon eine kleine Menge aus Honoratioren und Schaulustigen aus, darunter viele Bootsbesitzer, die gekommen waren, um diese neue Infrastruktur zu bestaunen, an der sie endlich ihre Segelboote würden festmachen können, sie kommentierten untereinander das Ergebnis der Bemühungen, ein Auge auf dem Wasser, das andere auf der Straße, die hier endete, auf dem Vorplatz, wo die baldige Ankunft des Ministers erwartet wurde. Viele waren auch gekommen, um den Mann zu begrüßen, den sie jetzt als ihren persönlichen Bekannten ansahen, wie es häufig geschieht, wenn ein Bürgermeister Karriere macht und jeder Bewohner der Stadt findet, das Ohr der Macht stehe ihm jetzt ein klein wenig offen. Wie oft hatte man nicht seit seiner Ernennung gehört »Ah, den kenne ich ja gut« oder »Mit dem bin ich zur Schule gegangen«, jeder hatte ein paar bunte Ideen in der Tasche, wegen derer er einen Handschlag ergattern wollte, das war doch das Minimum an Aufmerksamkeit, das er beanspruchen konnte, doch schon fürchtete er, dass der hohe Herr Minister ihm nicht öffentlich geben wollte, was er beanspruchte — eine Sorge, die bald durch die Ankunft der schwarzen Limousine abgelenkt wurde, aus der zunächst der neue Bürgermeister, hinter ihm der Herr Minister stieg, der absichtlich die Lässigkeit seines Auftretens und die gottgleiche Selbstsicherheit übertrieb, die, das wusste er, vor den Kameras notwendig waren, die das Ereignis mitfilmten, soll heißen, die das konventionelle Staunen der Auserwählten filmten, die hier vor den großartigen Investitionen versammelt waren, durch die besonders deutlich wurde, so plante der Minister das zu kommentieren, wie stark diese Stadt mit dem Meer verbunden war, das sagte er mit diesen langen Sätzen, wie altgediente Beamte sie auf einer Ecke des Schreibtischs verfassen, ein Satz zu der ruhmreichen Vergangenheit der Stadt, ein zweiter zu der ruhmreichen Zukunft, zwischen beiden die ruhmreiche Gegenwart, die man gerade miteinander erlebte — welch herrliche Synthese jener Zeiten, da das gesamte Land sich täglich hundertmal vor irgendeine Wand oder Palisaden zusammengerufen findet, Synonyme von Fortschritt und Gemeinschaft.

Doch einer hatte sich schon lange von der Gemeinschaft abgesondert, und das war Max Le Corre: Er hatte sich abseits auf der anderen Seite der Straße postiert, von wo er die wohlorchestrierten Bewegungen der Zeremonie verfolgen konnte, hinter den im Schatten der Stadtmauer geparkten Autos. Das Ganze wirkte wie ein Bühnenbild, in dem Max die zwischen den Vorhängen sichtbare Figur war, die sich auf ihren Auftritt vorbereitete, keinem aufmerksamen Zuschauer konnte die muskulöse Gestalt entgehen, die sich bald vor dem Grau-in-Grau der Steine abheben und bei ihrem Erscheinen alles auf den Kopf stellen würde. Übrigens war tatsächlich so ein aufmerksamer Zuschauer zur Stelle, der zwischen zwei Stoßstangen die schwarzen Streifen an Max' Trainingsanzug bemerkte oder vielleicht auch seinen rasierten Schädel, der über den Dächern der Autos zu sehen war. Und es dürfte niemanden wundern, dass dieser ebenfalls etwas abseits postierte Zuschauer niemand anderer war als Franck Bellec, immer noch finsteren Gemüts nach der vor einer Stunde erlittenen Kränkung, aber immer noch kampfbereit und willens, das auch zu zeigen. Und Franck betrachtete Max. Und Max betrachtete Franck. Und es war, als wüsste jeder von beiden, was der andere tun oder nicht tun würde. Als ob Bellec wusste, diesmal würde er Le Bars nicht retten, und Max wüsste das auch, dass Franck sich genauso wenig von der Stelle rühren würde wie ein Zuschauer in der Opernloge, reglos in seinem weißen Anzug, voller Ungeduld angesichts seiner Vorahnung. Man hätte meinen können, sie würden in diesem Moment, in diesem lange aufrechterhaltenen Blickkontakt, gemeinsam die schwarzen Jahre löschen, die sie trennten, und dass Franck, der jetzt sah, wie Max in der kühlen Aprilluft seinen Oberkörper entblößte, ihn, wenn er denn gekonnt hätte, in den Ring begleiten würde.

Denn in Max' Kopf war das jetzt, zweifelsfrei, ein Boxring. In seinem Kopf war es ein wirklicher Kampf, und bald würden alle seinen Namen jubeln und ihn herbeirufen, um seinem heutigen Gegner zu begegnen, dem gefürchteten Le Bars, der, wie es hieß, eigens aus Paris gekommen war, um ihn hier in seiner Heimatstadt herauszufordern. Schon bald würde er seinen großen Bademantel über den mit seinem Namen markierten Stuhl legen und sie würden einander mit dem ganzen Körper abschätzen, wie man es vor dem Läuten der Glocke so tut, sich gegenseitig mit demselben übermäßigen, tierischen Stolz messen wie zwei alte Löwen, denen es gelungen ist, ihre Territorien bis jetzt zu verteidigen, die einander tausendmal mit Schimpftiraden überzogen haben, ohne jemals gegeneinander anzutreten, und jetzt bereit waren, es vor aller Augen auszutragen — und obwohl all dies natürlich nur in den telepathisch verbundenen Köpfen von Max und Franck stattfand, ich meine damit, weder in dem von Le Bars, der gerade aus der Limousine stieg, noch in den Ohrknöpfen der beiden schwarz gekleideten Männer, die schon seit einer Weile mit robotergleichen Augen die Umgebung scannten, für den Fall, man weiß ja nie, dass irgendein Irrer eine staatsgefährdende Aktion starten wollte.

Da ist es schon fast unglaublich, dass sie ihn nicht für so einen Irren hielten oder aber ihn nicht wahrnahmen, den Mann, der jetzt das Oberteil seines Trainingsanzugs auszog, eine Hand an die Wand gestützt, um das Gleichgewicht zu wahren. Jedenfalls schien er ihnen unverdächtig, er, in dem manche, wenn sie ihn gesehen hätten, durchaus den gestürzten Boxer hätten erkennen können, den sie einst bewundert hatten, aber die meisten würden ihn wahrscheinlich für eine jener skurrilen Erscheinungen halten, die bei allen öffentlichen Versammlungen aufkreuzen — ihn, Max, immer noch hinter den Karosserien verborgen, als wäre das eine improvisierte Behelfs-Umkleide, nacheinander zog er jetzt die Handschuhe an, hüpfte auf der Stelle, um nicht wieder kalt zu werden, bevor er seinen Namen hörte und den Flur zu dem Quadrat in der Mitte hinunterging, der sich in seiner Fantasie vor ihm öffnete. Aber ein Durchgang öffnete sich vorerst nur für Le Bars, der dort in Begleitung der beiden Kolosse mit den weißen Ohrknöpfen durch die kleine Ansammlung von Schaulustigen nach vorn ging und all diese zuvor so besorgten, jetzt von seiner unerschütterlichen Freundschaft überzeugten Hände schüttelte. Allein erklomm er dann die wenigen Stufen, die dort hinaufführten, auf die für ihn aus Klapp-Podesten aufgebaute Tribüne, sie wackelte ein wenig auf dem unebenen Pflaster des Kais, davor die beiden Bodyguards, die er gebeten hatte, nicht mit hinaufzukommen, das hier sei schließlich seine Stadt, und er müsse zeigen, dass er der Formel gemäß, die diesbezüglich im Schwange war, »nahe bei den Menschen« sei. Um einen oder zwei Meter über die Menge erhoben, war für ihn jetzt der Augenblick gekommen, die wenigen offiziellen Gäste zu begrüßen, die ihrerseits schon ungeduldig auf dem Podium warteten: den Hafendirektor und die Stadträte, die eine solche Gelegenheit, einen Minister zu empfangen, nicht verpassen wollten.

Denn diesmal, nein, begegnete ihnen nicht mehr Quentin Le Bars, sondern der Minister für maritime Angelegenheiten — Quentin war besonders erleichtert, dem anderen, dem Minister, seinen Körper zur Verfügung stellen zu können und sich dadurch punktuell von dem Gewicht dieser traurigen Affäre zu befreien, die ihn beschmutzte, die jedoch hier, da er im staatlichen Auftrag auf der Bühne stand, auf einen Schlag vergessen war, unter der magischen, reinigenden Wirkung seiner Immunität. Wie er da stand, mit dem Gold seines Amtes behängt, lag es ihm fern zu vermuten, dass der eine oder andere in der Menge in ihm nicht den Minister sah, auch nicht den Bürgermeister, nichts mit offizieller Funktion, sondern nur »Le Bars, den Scheißkerl« — unfähig, dieser Scheißkerl, die cholerische Energie zu erahnen, die er da oder dort ausgelöst haben mochte und die jetzt mit voller Wucht durch Max' Nerven pulsierte, also durch die Nerven eines Vaters, dem es sehr klar war, dass er nicht der eigentlich Geschädigte war, aber doch vielleicht der einzige, der die Waagschale jener alten Waage wieder ins Gleichgewicht bringen konnte, die so traditionell zu der Seite derjenigen neigte, die auf einer Bühne wie dieser standen.

Und wer weiß, ob Laura in Hélènes Wagen nicht ähnliche Gedanken hatte, denn als im Radio die Ankunft von Le Bars im Yachthafen bekannt gegeben wurde, waren diese Gedanken scharfsinnig genug, dass sie sich zu Hélène hindrehte und zu ihr sagte, natürlich, Le Bars, der Yachthafen, er ist auch dort! Und Hélène bog in die erste Straße rechts ein, geradewegs zum Hafen, von weitem waren schon die Absperrungen und die Polizisten zu sehen, die das Ereignis behüteten und sie zwangen, in einiger Entfernung zu parken, sehr schnell stiegen sie aus und rannten zu dieser Bühne, die sie, Laura, sich nicht wirklich als Ring vorstellte, eher als eine Arena, wegen der Ungerechtigkeit in diesem Kampf, Max als einsamer Gladiator, jämmerlicher Spartakus, der hinter sich nichts versammeln konnte als Lachen und Mitleid.

Doch dieser Spartakus wartete nicht auf sie, mit seinen engen Handschuhen kam Max hinter den Wagen vor, von wo Franck ihn noch beobachtete und, da er ihn so gut kannte, mutmaßte, dass er sich jetzt stark konzentrierte, bereit, den siebenunddreißigsten, den letzten Kampf seiner langen Laufbahn zu bestreiten, als Schiedsrichter die Masten der Boote, die über den Kai ragten.

So also. Auf der Bühne stellte der Hafendirektor seinen Gast vor und verlieh der Ehre Ausdruck, die es für den örtlichen Yachtsport bedeutete, diesen Minister zu empfangen, dann war Le Bars selbst an der Reihe, er stand hinter dem Mikrofonständer, der gerade für ihn neu eingestellt wurde, bedankte sich bei dem Direktor und begann die offizielle Liste derer anzusprechen, an die er sich zu richten hatte, die

Litanei der Titel derer, die ihn umgaben, »den Herrn Bürgermeister unserer Stadt«, »den Herrn Generalrat«, während Max sich wie ein Aal durch die losen Reihen jener schlängelte, die beim Zuhören diesen Mann im Boxerkostüm, der an ihnen vorüberkam, kaum bemerkten, das heißt, sie sahen ihn sehr wohl, blieben aber überzeugt, dass er nicht das Wichtigste war, vielleicht auch, weil wegen all der Polizisten und der Männer, die die Bühne flankierten, nichts passieren konnte, alle waren sie von Le Bars' Stimme bezaubert, die aus den Lautsprechern drang, »den Herrn Vorsitzenden des Sportausschusses«, »den Herrn Vizepräsidenten des Regionalrats«, während Max jetzt den wenigen Metallstufen schon sehr nahe war, vielleicht noch in der Hoffnung, zwischen all diesen Titeln, die Le Bars abzählte wie Perlen, doch noch den eigenen zu hören: »den Herrn Frankreichmeister im Boxen«. Aber nein, stattdessen gab es noch »den Herrn Regionalrat« und »den Herrn Direktor der Stadtwerke«, »die Damen und Herren Stadträte« und schließlich und endlich »Liebe Mitbürgerinnen, liebe Mitbürger«, dann holte er Luft, um sich nunmehr auf seine eigentliche Ansprache zu werfen, und da hatte Le Bars vielleicht Gelegenheit zu sagen »ich« oder »ich bin«, als er wohl sehen oder spüren musste, dass vor ihm die gesamte Aufmerksamkeit der Menge sich plötzlich abwandte, hundert Blicke zu einem einzigen kegelförmigen Bündel zusammengeführt, das sich auf den nackten Oberkörper von Max richtete, eben hatte er die Bühne erklommen, die vier Stufen, die ihn vom Boden trennten, fast mit einem Satz, und erschien, wie ein antiker Gott aus den Fluten — ein *Neptun*, diesmal aus Fleisch und Blut, der statt eines Dreizacks seine unzulänglich geschnürten alten Handschuhe auf Höhe seines Gesichts hielt. Kurz trippelte er vor all den Verblüfften ein wenig, nahm sich Zeit für einen bestürzten Blick auf die Menge, eine diffuse Masse, in der er kein einzelnes Gesicht hätte erkennen können, nicht einmal das seiner eigenen Tochter, die sich jetzt einen Weg dort hindurchbahnte, ihn gern gerufen hätte, aber fürchtete, das geringste Wort könnte die Situation zum Überkochen bringen, während auf der Bühne die offiziellen Gäste bereits zurückwichen, außer Reichweite der bedrohlichen Boxhandschuhe, schließlich will ja niemand bei der Begleichung irgendwelcher Rechnungen eine verirrte Kugel abkriegen. Und Le Bars verstand sofort, gerade konnte er noch an seine Bodyguards denken und sich fragen, was die wohl trieben, wo hier ein Verrückter auf ihn losging, der sich im Boxring wähnte.

Für ihn, soviel ist gewiss, war es kein Boxring, eher eine Art kleiner Festung, von der die beiden Bodyguards im Kettenhemd desertiert waren und zu deren Tor er selbst jetzt wurde, das man mit dem Rammbock einzurennen versuchte. Und als Rammbock kannte Max sich gut aus, der sich jetzt mit seinem ganzen Gewicht auf den erstarrten Le Bars warf, gerade hatte seine rechte Faust ihn schon am Kiefer getroffen, während die linke auf seiner sogleich blutüberströmten Nase landete, was ihn nach hinten ans Geländer schwanken ließ, das ihn davor bewahrte, ins Hafenwasser zu stürzen, dafür ging er sogleich zu Boden, von Max' allzu kraftvollen Schlägen betäubt, unter den verspäteten Blicken der Männer in den schwarzen Anzügen.

Vielleicht dachten sie, sie hätten es mit einem Terrorangriff zu tun, da es so aus dem Nichts kam, in der großen Ruhe eines selbstgefälligen Tages, an dem die Unredlichkeit ungestört blieb und an dem jedes Körnchen Sand, das in die Räder gerät — denn was hätte es für sie beide sonst sein sollen, die zwei Riesen, die es nicht hatten kommen sehen? Nichts als ein Körnchen Sand in einem Räderwerk, das normalerweise lief wie geschmiert, nur eben, dass es sich dieses Mal, so war ihnen eben klar geworden, nicht mehr um ein Sandkörnchen handelte, sondern buchstäblich um den Einsturz des ganzen Schlosses. Und ihr Schloss bestand eben nicht aus Spielkarten, die so empfindlich aufeinandergestapelt werden, nein, eher aus massiven Türmen und Schießscharten oben an den Mauern, an den Wällen, und wenn jemand auch nur versucht, den Burggraben zu überwinden, ist alles voller Armbrüste und Eimer mit kochendem Öl, bereit, über ihn herzufallen, den Verrückten, der sich hierherwagt. Und das geschah dann auch: kein Eimer mit Öl noch ein brennender Pfeil, sondern die beiden dafür ausgebildeten Kerle in Schwarz, beleidigt auch, dass sie nicht früher hatten dazwischengehen können, nicht gesehen hatten, wie er so behände hinaufsprang, also dachte einer der beiden nicht mehr länger nach: Ihm wurde schlagartig klar, dass wenn einmal im Leben seine Waffe von Nutzen war, dann jetzt, um nicht nur den Minister zu retten, sondern das ganze, in seinem Innersten angegriffene Schloss, und das tat er dann auch, er zog die Knarre aus dem Gürtel, hielt sie am ausgestreckten Arm vor sich und schrie: Keine Bewegung, keine Bewegung, oder ich schieße!

Und diesen Satz hörte sie, Laura, ihrerseits am Fuß der Tribüne angelangt, wo sie den Kopf heben musste, um diesen Mann zu sehen, der die Waffe auf ihren Vater richtete, den Boxer — auf Max, der immer noch auf Le Bars einschlug, ihn aufforderte aufzustehen, um weiterzukämpfen, mehrere Meter davor der aufgeregte Bodyguard, der immer wieder rief, Keine Bewegung, hörst du, keine Bewegung. Aber Max hörte nicht, er hörte nichts von den sich überlagernden Sätzen des Bodyguards und seiner Tochter, die jetzt ebenfalls schrie, Hör auf, Papa, hör auf! Und irgendwann stand Max auf, ließ Le Bars reglos und benommen daliegen und drehte sich zu dem Mann in Schwarz um, sprang mit ein paar Sätzen auf ihn zu, die Handschuhe immer noch auf Höhe des Gesichts, als könne der Kampf gar nicht aufhören, als hätte sich der Faden des Drachens, der ihm als Geist diente, irgendwo oben im Himmel im Astwerk eines Baumes verfangen, und eine infernalische Göttin würde hohnlachend daran ziehen. Und Max trippelte weiter auf der Stelle und ließ die Fäuste kreisen, rief dem Mann, der immer noch die Waffe ausgestreckt hielt, zu, Komm, komm, komm her, während Laura schrie, Hör auf, hör auf, bis diese beiden Männer, immer noch mit ihren Ohrknöpfen, die sie so androidisch wirken ließen, endlich begriffen, dass dieser Mann in Shorts, der vom Boxen und immer Weiterboxen träumte, dieser selbe Mann, der eben einem Minister die Nase gebrochen hatte, nichts anderes war als ein Hampelmann, ein jetzt so gut wie ungefährlicher Durchgeknallter, den sie beide gewaltlos überwältigen konnten, jedenfalls so, wie sie es für gewaltlos hielten, jeder packte einen Arm und drehte ihn ihm in den Rücken, was ihn auf die Knie zwang, und sie sagten: Schnauze jetzt, verstanden, Schnauze!

Und Laura wäre jetzt so gern zu ihm hochgegangen, hätte sich am liebsten ebenfalls festnehmen und die Arme verdrehen lassen, sich »Schnauze« zuschreien lassen, ja, das wäre ihr am liebsten gewesen, doch jetzt wurde sie am Fuß der Stufen von der rasch gebildeten Kette von Polizisten weggestoßen, die sich aneinanderdrängten und die Menge zerstreuten, so dass Laura nur hilflos die Verhaftung ihres

Vaters beobachten konnte, er immer noch auf den Knien, wie von den beiden Bodyguards befohlen, denen schon klar war, dass man sich noch vor heute Abend sehr bei ihnen bedanken würde. Zwischen zwei Polizisten, die ihr den Durchgang versperrten, suchte sie den Blick ihres Vaters, den sie jetzt so gern aufgefangen hätte. Doch er, Max Le Corre, jetzt von dem heftigeren der beiden Wächter mit dem Gesicht auf den Boden gedrückt, er war gar nicht mehr ganz da, irgendwo vielleicht im Pantheon des Boxsports zwischen Joe Louis und Mike Tyson.

Und während die Menge sich allmählich zerstreute, fand Hélène Laura wieder, mit einem letzten Blick zu ihrem Bruder, dessen weißer Schatten sich entfernte, heiter und entschädigt, Richtung Casino: Da oben im Ring, verloren unter dem westlichen Himmel, lag immer noch ein Minister, von dessen zerprügeltem Gesicht Franck wie von einem Etikett an einem Kleidungsstück den Preis dieser Entschädigung abgelesen hatte. Aber Bellec ist in dieser Geschichte eher nebensächlich. Als also Le Bars, von den wenigen Stadträten, die noch bei ihm waren, gestützt, endlich die vier Stufen auf unser aller Ebene heruntergestiegen war, versuchte er nicht, Lauras Blick auszuweichen, die direkt vor ihm stand, ihre Augen in seinen, als wollte sie ihm ein letztes Mal sagen, nein, es sei nicht vorbei, für sie sei es nie vorbei. Doch alles, was sie hinter dem blutigen Taschentuch wahrnehmen konnte, das er sich auf die Nase drückte, war dieser stumpfe, unbeteiligte und wie wasserdichte Blick, den er auf sie legte.

Max Le Corre wurde wegen tätlichen Angriffs und Körperverletzung einer Amtsperson sowie Gefährdung der Staatssicherheit zu zwei Jahren Gefängnis ohne Bewährung verurteilt. Laura Le Corres Anzeige wurde ohne weitere Ermittlungen zu den Akten gelegt.

TANGUY VIEL BEI WAGENBACH

Das Verschwinden des Jim Sullivan
Ein amerikanischer Roman

Das Leben war schon mal netter zu Dwayne Koster, und so besieht er sich die Welt nun vorzugsweise von seinem Wagen aus und hört dabei Musik von Jim Sullivan. Diese Geschichte ist ein Roman hinter dem Roman. Eine hochkomische, sehr unterhaltsame Parodie ebenso wie eine Hommage an den amerikanischen Roman.

Aus dem Französischen von Hinrich Schmidt-Henkel
Quart*buch*. Gebunden mit Schutzumschlag. 128 Seiten

Paris – Brest

Nicht immer sind Familien Orte der Geborgenheit und Liebe ... Dieser Roman von Tanguy Viel handelt von einer bretonischen Sippe, in der keiner keinem traut. Und zwar aus gutem Grund. Ein meisterhafter, burlesker Familienkrimi.

Aus dem Französischen von Hinrich Schmidt-Henkel
Quart*buch*. Gebunden mit Schutzumschlag. 144 Seiten

Unverdächtig   Roman

Tanguy Viel erzählt virtuos von einer bodenlosen Gemeinheit. Er hypnotisiert seine Leser und legt sie dabei in aller Ruhe aufs Kreuz. Ein großes Talent aus Frankreich!

Aus dem Französischen von Hinrich Schmidt-Henkel
Quart*buch*. Gebunden mit Schutzumschlag. 128 Seiten

Das absolut perfekte Verbrechen

In einer nordfranzösischen Hafenstadt plant die örtliche Gaunerbande den Überfall auf das Casino. Der Plan ist ebenso verrückt wie perfekt. Ein filmischer Roman in Schwarz-Weiß über den alten Traum vom großen Glück.

Aus dem Französischen von Hinrich Schmidt-Henkel
WAT 684. Broschiert. 144 Seiten

FRANZÖSISCHE LITERATUR BEI WAGENBACH

Tanguy Viel   Selbstjustiz

Ein Mann ertrinkt auf hoher See – war es Unfall oder Mord? Der Verdächtige vertraut dem Richter ganz ungeschützt seine Lebensbeichte an.

Aus dem Französischen von Hinrich Schmidt-Henkel
WAT 804. Broschiert. 176 Seiten

Julia Deck   Privateigentum

Sie sind seit dreißig Jahren verheiratet und soeben umgezogen. Außerhalb von Paris haben die Urbanistin und ihr depressiver Gatte endlich ein hochmodernes Eigenheim erworben. Auch die neuen Nachbarn sind überglücklich. Und alle merken zu spät, dass ihre blitzsaubere Ökosiedlung in einer Sackgasse liegt …

Aus dem Französischen von Antje Peter
SVLTO. Rotes Leinen. Fadengeheftet. 144 Seiten

Vincent Almendros   Ein Sommer
Auch eine Liebesgeschichte

Zwei Liebespaare auf einem Segelboot im Mittelmeer. Wie soll das gutgehen? Die Sonne brennt, der Weißwein prickelt, die Urlauber sind angespannt. Ein erfrischend leichter Sommerroman, der ein verwegenes Spiel mit seinen Figuren treibt.

Aus dem Französischen von Till Bardoux
SVLTO. Rotes Leinen. Fadengeheftet. 96 Seiten

Vincent Almendros   Ins Schwarze
Ein Sommerkrimi

Der Abend ist schwül, die Straße leer. Es dunkelt. Die Strecke zieht sich. Widerwillig fährt Laurent zu einer Hochzeit in sein Heimatdorf. Begleitet von Claire, die er als Constance vorstellen wird. Er wird sie alle wiedersehen. Oder vielmehr alle, die noch übrig sind.

Aus dem Französischen von Till Bardoux
SVLTO. Rotes Leinen. Fadengeheftet. 120 Seiten

NEUE STIMMEN BEI WAGENBACH

Claudia Petrucci   Die Übung   Roman

Giorgia ist wieder ganz sie selbst. Nur manchmal macht sie Fehler, merkwürdige Dinge, die nicht im Skript stehen. Vielleicht müssen wir sie doch noch einmal schreiben … Ein abgründiger Roman über brüchige Identitäten, männlichen Größenwahn und die durchlässige Grenze zwischen Liebe und Manipulation.

Aus dem Italienischen von Mirjam Bitter
Quart*buch*. Gebunden mit Schutzumschlag. 304 Seiten

Deb Olin Unferth   Happy Green Family   Roman

Eine akribische Betriebsprüferin, eine desillusionierte Halbwaise, 421 vegane Extremisten, 60 Laster und 900.000 mürrische Legehennen, die auf ihre Befreiung warten. In sechs gigantischen Käfigscheunen … oder doch sieben?

Aus dem amerikanischen Englisch von Barbara Schaden
Quart*buch*. Klappenbroschur. 288 Seiten

Fernanda Melchor   Paradais   Roman

Der Dicke war an allem schuld, das würde er ihnen sagen. Aber wer ist hier schon ohne Schuld? Der Roman der preisgekrönten mexikanischen Autorin Fernanda Melchor erzählt die Geschichte eines Verbrechens: roh, ohne tropische Restmagie, ein schneller, heftiger Schlag.

Aus dem mexikanischen Spanisch von Angelica Ammar
Quart*buch*. Klappenbroschur. 144 Seiten

Kathy Page   Alphabet   Roman

Simon Austen ist ebenso charmant und verführerisch wie undurchschaubar und manipulativ. Eine tickende Zeitbombe. Er durchbricht die Monotonie seiner Haft, indem er endlich Lesen und Schreiben lernt und mit seiner Therapeutin Spielchen treibt. Dabei überschreitet er immer wieder Grenzen.

Aus dem Englischen von Beatrice Faßbender
Quart*buch*. Gebunden mit Schutzumschlag. 320 Seiten

FRANÇOISE SAGAN BEI WAGENBACH

Blaue Flecken auf der Seele Roman

Es lebt sich gut in der Villa an der Côte d'Azur, wo das leicht dekadente Geschwisterpaar Éleonore und Sébastien van Millhem sich einen Sommer lang aushalten lässt. Wieder zurück in Paris müssen dann unter einigem Körpereinsatz neue Geldquellen aufgetan werden.
Aus dem Französischen von Eva Brückner-Pfaffenberger
SVLTO. Rotes Leinen. Fadengeheftet. 144 Seiten

Ein gewisses Lächeln Roman

»Und wenn schon. Ich war eine Frau, die einen Mann geliebt hatte. Eine simple Geschichte und kein Grund, sich aufzuspielen.«
Aus dem Französischen von Helga Treichl
WAT 668. Broschiert. 144 Seiten

Lieben Sie Brahms ... Roman

Bei seinem Erscheinen war der Roman über die Liebe von Paule zu dem 15 Jahre jüngeren Mann eine Provokation – heute ist er ein Klassiker der französischen Literatur.
Aus dem Französischen von Helga Treichl
WAT 797. Broschiert. 144 Seiten

Wenn Sie mehr über den Verlag und seine Bücher wissen möchten, schreiben Sie uns eine Postkarte oder elektronische Nachricht (mit Anschrift und E-Mail). Wir informieren Sie dann regelmäßig über unser Programm und unsere Veranstaltungen.
Verlag Klaus Wagenbach   Emser Straße 40/41   10719 Berlin
www.wagenbach.de   vertrieb@wagenbach.de

Die französische Originalausgabe erschien 2021
unter dem Titel *La fille qu'on appelle*
bei Les Éditions de Minuit in Paris.

Dieses Buch erscheint im Rahmen des Förderprogramms
des Institut français und des französischen Außenministeriums,
vertreten durch die Kulturabteilung der Französischen Botschaft in
Berlin.

INSTITUT
FRANÇAIS
DEUTSCHLAND

Covergestaltung Julie August unter Verwendung
einer Fotografie © Jaroslaw Blaminsky/Trevillion Images.
Gesetzt aus der Ehrhardt. Vorsatzpapier von peyer graphics,
Leonberg. Gedruckt auf Schleipen und gebunden bei Pustet,
Regensburg. Printed in Germany. Alle Rechte vorbehalten

ISBN   978 3 8031 3345 8